36 故事HOME
奇幻書店

編輯序

當孩子不愛讀書……

慈濟傳播人文志業中心出版部

親師座談會上，一位媽媽感嘆說：「我的孩子其實很聰明，就是不愛讀書，不知道該怎麼辦才好？」另一位媽媽立刻附和，「就是呀！明明玩遊戲時生龍活虎，一叫他讀書就兩眼無神，迷迷糊糊。」

「孩子不愛讀書」，似乎成為許多為人父母者心裡的痛，尤其看到孩子的學業成績落入末段班時，父母更是心急如焚，亟盼速速求得「能讓孩子愛讀書」的錦囊。

當然，讀書不只是為了狹隘的學業成績；而是因為，小朋友若是喜歡閱讀，可以從書本中接觸到更廣闊及多姿多采的世界。

問題是：家長該如何讓小朋友喜歡閱讀呢？

專家告訴我們：孩子最早的學習場所是「家庭」。家庭成員的一言一行，尤其是父母的觀念、態度和作為，就是孩子學習的典範，深深影響孩子的習慣和人格。

因此，當父母抱怨孩子不愛讀書時，是否想過——

「我愛讀書、常讀書嗎？」

「我的家庭有良好的讀書氣氛嗎？」

「我常陪孩子讀書、為孩子講故事嗎？」

雖然讀書是孩子自己的事，但是，要培養孩子的閱讀習慣，並不是將書丟給孩子就行。書沒有界限，大人首先要做好榜樣，陪伴孩子讀書，營造良好的讀書氛圍；而且必須先從他最喜歡的書開始閱讀，才能激發孩子的讀書興趣。

根據研究，最受小朋友喜愛的書，就是「故事書」。而且，孩子需要聽過一千個故事後，才能學會自己看書；換句話說，孩子在上學後才開始閱讀便已嫌遲。

美國前總統柯林頓和夫人希拉蕊，每天在孩子睡覺前，一定會輪流摟著孩子，為孩子讀故事，享受親子一起讀書的樂趣。他們說，他們從小就聽父母說故事、讀故事，那些故事不但有趣，而且很有意義；所以，他們從故事裡得到許多啟發。

希拉蕊更進而發起一項全國的運動，呼籲全美的小兒科醫生，在給兒童的處方中，建議父母「每天為孩子讀故事」。為了孩子能夠健康、快樂成長，世界上許多國家領袖，也都熱中於「為孩子說故事」。

其實，自有人類語言產生後，就有「故事」流傳，述說著人類的經驗和歷史。故事反映生活，提供無限的思考空間；對於生活經驗有限的小朋友而言，通過故事可以豐富他們的生活體驗。一則一則故事的累積就是生活智慧的累積，可以幫助孩子對生活經驗進行整理和反省。

透過他人及不同世界的故事，還可以幫助孩子瞭解自己、瞭解世界以及個人與世界之間的關係，更進一步去思索「我是誰」以及生命中各種事物的意義所在。

所以，有故事伴隨長大的孩子，想像力豐富，親子關係良好，比較懂得獨立思考，不易受外在環境的不良影響。

許許多多例證和科學研究，都肯定故事對於孩子的心智成長、語言發展和人際關係，具有既深且廣的正面影響。

為了讓現代的父母，在忙碌之餘，也能夠輕鬆與孩子們分享故事，我們特別編撰了「故事home」一系列有意義的小故事；其中有生活的真實故事，也有寓言故事；有感性，也有知性。預計每兩個月出版一本，希望孩子們能夠藉著聆聽父母的分享或自己閱讀，感受不同的生命經驗。

從現在開始，只要您堅持每天不管多忙，都要撥出十五分鐘，摟著孩子，為孩子讀一個故事，或是和孩子一起閱讀、一起討論，孩子就會不知不覺走入書的世界，探索書中的寶藏。

親愛的家長，孩子的成長不能等待；在孩子的生命成長歷程中，如果有某一階段，父母來不及參與，它將永遠留白，造成人生的些許遺憾——這決不是您所樂見的。

推薦序

讓辭世名人「現身說法」

◎星空

每個時代的父母都有他們各自教養孩子的方式，隨著當時社會背景或環境因素，往往有相當大的差異。

早在我阿祖的年代，因為是農業社會，孩子多半被帶到工作場所——也就是田裡，搖籃就放在田邊或是掛在樹上，再不然就是背在媽媽背上。當時很多家裡有庭訓、家規，父母說的話就是聖旨，不得違逆；孩子們在父母威權教育下，多半乖巧，甚至不敢有自己的想法和意見。能上學接受教育的人尚屬少數，所以老師的社會地位崇高。

到了阿公那一代，已屬轉型中的社會，外出工作的遊子開始快速增加，職業婦女仍是少數，教養孩子的方式也開始不同。因為經濟起飛之故，父母體認到要讓孩子多讀書；只要供得起，多半鼓勵孩子接受教育，會讀書的孩子在家中多半受到較高的期望。父母的訓示雖然不再是聖旨，但仍緊箍著孩子；因資訊傳播逐漸發達，開始有較多孩子有不同的想法。

至於我們這一代的父母，歷經過最大的升學壓力後，已經開始對教育有更多元的想法和做法，老師的地位也不如以往。有人覺得孩子快樂就好，不再單單重視讀書，因為成功有很多管道和方法，不見得只在學問的鑽研，於是適性發展當道。

近幾年是3C產品爆發的年代，年輕父母的教育方式更是不同。在很多地方，我們看到父母為了讓孩子安靜或有事做，便丟給孩子手機或平板電腦；孩子從小就在資訊科技的教育下成長，這是個相當不同的世代。鼓勵孩子多元發展，但多數交給網路、數位科技，孩子們的品格陸續出現了一些問題，各種奇怪亂象讓人不勝感嘆，社會怎麼會變成這個樣子？

我們常說科技進步神速，不斷的帶來改變；隨著時代演進，教育方式亦不得不隨之推演，順應時代客觀條件的改變而更迭。也許我們可以抗拒一時，但無法永遠排斥——

推薦序

如同每個時代的保守主義者一般。

3C產品帶來的便利自不在話下；但是，我們真的完全放心全部交付給機器嗎？孩子的教養問題，每個時代或有些許不同，但核心價值卻不變：讓他們成為勇敢、有責任心的人，可以愛自己也能愛別人。

家庭、學校、社會對於教育及知識傳播各有其責任；透過現代科技，教育及知識傳播的方式與以往有非常大的不同；像是「書」的形式，就起了相當大的變革——傳統的紙本書之外，目前數位的電子書風行，實體書店也一間間的關閉。孩子日漸習慣於聲光效果豐富的學習方式，我們如何順應時代、擇優而行？

這本書的書寫方式雖然比較像是「奇幻」；不過，誰知道今天的「奇幻」未來不會被「科技」所實現呢？近來，「虛擬實境」技術大量運用，「擴增實境」也緊接推出；或許，未來的「書」不僅是我們目前所見的「電子書」形式；透由「虛擬」或「擴增」實境的利用，未來的書也可能是「情境式」的。我們也許能藉此將早已不在人世的先賢或名人「喚回」現世，面對面的教導我們其經驗與智慧；也許今天去參觀畢卡索作畫，明天跟著法布爾去森林找昆蟲，甚至向邱吉爾首相討教如何肩負起國家責任……

相信，在不久的將來，會有這樣的書店出現：它是結合了傳統書本和「情境式書本」的複合式書店；其中不只有紙本書，還有可以「虛擬情境」的裝置，可以讓你與名人對話，甚或帶你上山下海、環遊世界、乃至於漫步宇宙……你會不會期待著這樣的書店或是學校出現呢？

目錄

51

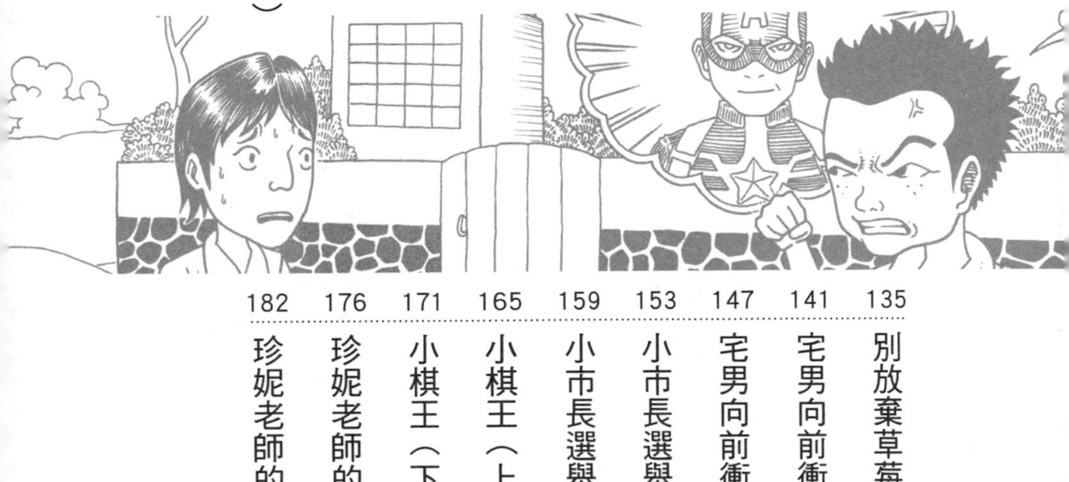

王妃沒有公主病（上）

一早，又是萬里無雲的藍天；即便在大城市裡，六點鐘也早已充滿喧鬧聲了。

市中心幾幢高聳的華廈首先迎著燦爛的陽光，使它們顯得特別耀眼。當中一幢有盆粉紅小雛菊的窗臺裡，總在這個時候傳出旋律輕快的小星星變奏曲。睡在床上的女孩兒在清脆的琴聲中總是與美夢難分難捨；突然，她的眼皮像計分板的牌子一樣翻起來——今天是便服日！她可不想因為遲到而錯失了展現的機會。

走在路上的艾美，身穿微蓬的及膝短裙——這低調的奢華風正是今年的流行設計；後面還跟著幫她背書包的瑪莉，讓她彷彿女王般出巡。眼前的道路兩旁滿是趕著上班上學的家長和孩子們，以及車來人往的喧鬧聲，在她眼裡都成了夾道迎接女王的子民以及歡呼；加上路邊飄落的阿勃勒花瓣，有如絢爛的黃金煙火，為女王的出巡喝采……

「艾美早安！」校長先生微笑著，「書包要自己背呵！」這一週一次的「女王出巡」，就在校長先生的早安聲中結束。接下來，她將面對一星期最難過的一天……

從小，艾美就夢想自己將來能成為公主，那時她就是全世界最幸福快樂的人了！所以，自懂事以來，她就為此預做準備。平常對男同學總是呼來喚去；做實驗時決不動手或靠近，以免不小心傷了她嫩白的小手；自己心愛的東西決不讓同學摸到，避免沾汙或弄壞；打掃工作總是以身體不適為由，可以一直幫老師整理桌面……這些行為，讓許多同學對她非常不滿，因此艾美在班上的人緣非常差。

每個星期的便服日，是她氣燄最高張的一天，因為她不想讓人壞了她打扮得最像公主的一天，同學們則對她更加冷淡；但是，為了將來的公主夢，艾美選擇忍耐。「公主總是寂寞的」，她都會這麼安慰自己。

這一天，班上同學小琪看見艾美的鉛筆掉到地上，好心的伸出手要幫她撿起來；誰知道，才一碰到東西，艾美就立刻大叫：「不要碰！」並且用力把小琪推開。可憐的小琪因為重心不穩，頭重重的撞到桌角，瞬間腫了個大包。全班同學亂成一團，小琪立刻讓同學攙扶著到

保健室包紮，艾美則驚恐得不知所措。

「老師，她是故意的！」同學們交相指責；「我……我不是故意的……」艾美也嚇得淚珠幾乎奪眶而出。

為了安撫全班情緒，老師將艾美暫時帶到輔導室，並沒有嚴厲的責備她：「艾美，老師知道妳並不壞；只是，今天妳確實太不應該了。」

艾美哭著說：「老師，我真的不是故意的！只是太急，所以才不小心……嗚……」

老師知道她已經因為後悔而難過，因此不再說話，好讓她靜一靜：「快放學了，妳就待在這兒想想吧！」

這真是一次最糟糕的便服日！

放學後，艾美在校門口等著瑪莉來接她。就在這時，對面有一間特別的房子吸引著她：「那是一家店嗎？我以前怎麼都沒注意到？」

艾美來到門外探著：兩旁的桂花樹飄出淡淡香氣，左邊的木窗微開，上面還罩著藍白相間的遮陽棚；屋內雖然不是很明亮，但是裡面的陳設還是清楚可見。

一股神奇的力量驅使她慢慢推開大門；眼前這間屋子看似書店，

卻又好像不是書店……

給小朋友的貼心話

現在的家庭有不少是獨生子女；因為從小沒有兄弟姊妹，加上生活環境不錯，受爸媽及長輩疼愛，所以難免有些人會有公主病（或王子病）。小朋友，如果遇到這樣的同學，大家在相處上要互相包容，私底下可以稍微提醒同學。學校是一起過團體生活的場所，大家可以在這裡學習尊重別人。

王妃沒有公主病（下）

「午安！這麼早就來看書，還沒吃中飯吧？」一位滿頭蓬鬆捲髮的阿姨從屋裡走出來，艾美點點頭。

「來，妳可以叫我毛毛阿姨，吃點我烤的餅乾吧！」她放下盤子，擦擦眼鏡：「在等媽媽？」

「不是，等一下瑪莉阿姨會來接我。」艾美抵不住餅乾剛烤好的濃郁香味，就拿了兩片來吃。

「阿姨，以前我都不知道這裡有書店呢！」「喔，我的店剛開不久，而且這兒的書很特別，跟外面的不太一樣。歡迎妳常來，也可以帶同學一起來。」

聽見阿姨熱情的邀約，艾美又忍不住淚水的說：「不會有同學願意跟我來的。」

書店阿姨牽著艾美的手坐下來，替她擦擦眼淚，聽她述說早上所發生的事。

「我知道很多同學本來就不喜歡我，現在一定更不想理我。」淚珠一顆顆的從她的臉上滑落。

「阿姨知道妳很難過。我介紹一個朋友給妳認識吧！她是一位王妃，真正的王妃呵！」書店阿姨微笑著說。

艾美半信半疑，還是依照阿姨說的走上二樓去見她的朋友。艾美在一張典雅的木製桌前坐下，在她面前早已坐著一位帶著王冠的人。

艾美簡直不敢相信自己的眼睛，那個人竟然是——戴安娜王妃！

「艾美妳好，我是黛安娜，剛才已經從毛毛那兒知道妳的事了。」王妃親切的笑著。「真的……是您？」艾美睜大雙眼，實在難以置信。

王妃溫柔的說：「關於學校發生的事，我可以瞭解妳的心情！」

艾美嘆口氣：「為了想成為一位公主，我那麼用心，做那麼多準備，同學卻不喜歡我！」。

「艾美，首先我得誠實的告訴妳，妳是不可能成為公主的。」

「為什麼？我做的準備不夠嗎？」

「不是……因為，只有出身皇室的貴族才能成為公主。」

「喔！」艾美忽然有種從夢中醒來的感覺：「所以，我永遠不可能成為公主……」

「公主並不是只有美麗的外表或容貌，還要有一顆為人民服務的心；只要妳關心他人，妳的心還是可以像公主一般。」

艾美不是很瞭解。王妃接著解

釋，她每天都有各種的行程；不管自己是否願意或喜歡，為了國家之間的和平，要做親善訪問；為了幫助弱勢團體，要做慈善募款；為了關懷人民，要探視老弱病童……

「這就是王妃做的事？好辛苦，您不喜歡，對不對？」

「不，其實我很喜歡！」王妃說道。

艾美感到很訝異，王妃解釋：「我只是不喜歡像演戲般的做給媒體拍照，不喜歡人們因為我是王妃才喜歡我。」

艾美搖著頭，不懂為什麼。

「因為我喜歡做真正的自己！我希望人們知道我是用真誠的心為大家做事，大家喜歡我是因為黛安娜是個友善、容易相處的人，我願意用愛緊緊擁抱人民。」

艾美想了一會兒：「如果我不假裝自己是公主，做我自己，然後常幫助同學、跟同學好好相處，我就可以像公主一樣？」

王妃邊笑邊點頭：「艾美真聰明，太棒了！」

艾美與毛毛阿姨道別後，心情輕鬆許多，瑪莉早已在校門口等著她。當瑪莉伸出手要幫她拿書包時，艾美卻笑著說：「從今天開始，我要自己背書包！」

給小朋友的貼心話

小朋友，你認識英國的戴安娜王妃嗎？她舉行婚禮的當天，全世界有好幾億人觀看，大家對於那場世紀婚禮永遠也忘不了，王妃就像童話故事裡的「灰姑娘」，由平民成為英國王室的一員。但是，黛安娜是生活在真正的世界裡，她就和你、我一樣，會遇到很多困難，並不像童話故事的結局，「從此過著幸福快樂的生活」。不論你的家境多好、身分多麼高貴，現實生活的困難和挑戰，都必須靠自己去解決。

不想說再見（上）

「阿媽！阿媽！我的手手要穿手套！」小凱撒嬌的說。

「好、好！」阿媽用她的大手包住小凱的手，祖孫倆高高興興的邊走邊唱，一起去學校。雖然天氣寒冷，小凱的心卻是溫暖無比……

「小凱，我們要去醫院看阿媽了！」媽媽輕聲的叫醒還在熟睡的小凱。

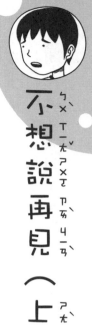

「媽媽，我剛才有夢到阿媽，她又牽著我的手去上學了！」媽媽立刻紅了眼眶，不敢多想；或許，這正是所謂的心靈相通吧！

「我們今天去醫院看阿媽，你要幫阿媽加油呵！」「嗯！媽媽妳放心，我會給阿媽加滿——滿的油！」小凱信心十足的說。

媽媽還不知道要如何告訴小凱，也許這一趟是見阿媽的最後一面。

小凱已經小學四年級了；由於父母親工作繁忙、早出晚歸，所以從幼稚園開始，小凱都是由阿媽溫馨接送，祖孫倆的感情因此濃厚難分。每天，在上學路上，阿媽總有精彩的故事給小凱提神；下午回家，小凱也有說不完的班級笑話及同學糗事和阿媽分享。

前天下午，媽媽突然來到學校，帶著小凱匆匆趕往醫院；原來，阿媽出去買菜時摔倒了。當他們到達醫院時，醫生剛好替阿媽開完刀，在手術室外焦急等待的爸爸立刻衝上前去關心。醫生要大家放心，開刀還算順利，如果能平安度過前兩三天就沒事了，爸爸不斷向

醫生鞠躬道謝。

然而，昨天夜裡突然發生變化，醫院發出病危通知，爸爸和姑姑到院後一步都不敢離開。媽媽一早帶著小凱趕來醫院，醫生從加護病房走出來，臉色沉重的對爸爸說：「很抱歉，恐怕……」忽然間，小凱有種奇怪的感覺：四周靜得出奇，他像被關在透明的隔音房間裡。

爸爸二話不說，一記拳頭揮向

醫生的臉！

「爸爸！小孩在這兒，不要這樣！」媽媽拉住爸爸，護士擋在醫生和爸爸之間，場面一下子混亂了起來。「你不是說開刀很順利嗎？你說謊！騙人！」小凱爸爸不斷的怒吼；沒多久，連警察伯伯都來了。小凱嚇哭了，姑姑趕緊將他帶離醫院。

阿媽最終還是離開了大家。

小凱再度回到學校上課，但是已經沒有阿媽的陪伴，上學的路途似乎變長了。放學後，他期待的身影不再出現，小凱還沒適應這樣的感覺；一時之間，好像找不到回家的方向。他慢慢走著，來到一間書屋門口看見一隻花貓，便跟花貓玩耍。

「小朋友，在等阿媽嗎？」一個蓬髮阿姨站在門口；「妳怎麼知道？」小凱一臉驚訝。「我每天都看到你和阿媽手牽手回家，真是幸福！」聽到這兒，小凱的淚水忽然流下。「怎麼了？」阿姨牽著他的手進到書屋。

給小朋友的貼心話

小朋友，你曾經有與親友分離、或是家中有親友離開人世的經驗嗎？面對人生當中無法避免的事，我們必須找到紓解情緒的方法，而不是怨天尤人。最重要的是，珍惜每一刻與親友相處的時光，留下美好回憶……

不想說再見（下）

「阿媽再也不會來接我，她離開我們了。」小凱哭著說。「難怪你今天看起來那麼哀傷。唉！」阿姨擦擦小凱的眼淚。

小凱告訴阿姨，因為爸爸責怪醫生沒有治好阿媽，還在醫院打了醫生。「怎麼會這樣呢？你爸爸大概因為太傷心，一時沒辦法接受。打人畢竟是不對的啊！」阿姨摸摸小凱的頭。

小凱流著淚說，自己每天回家的第一件事，就是去阿媽的房間看一看，心裡期待著她還會出現……阿姨見他如此傷心，就說要介紹一個朋友和他聊聊，讓他心裡舒服一點。

小凱上到二樓，一位穿著醫師袍的人坐在那兒向他打招呼：

「嗨，小凱！」

「您是……史懷哲醫生？」小凱才剛受到失去阿媽的打擊，在書上看過的史懷哲醫生竟然出現在眼前，他覺得自己像在做夢一樣。

史懷哲說，他已經知道阿媽的事：「我心裡跟你一樣感到哀傷！」小凱眼淚依然流著：「我好想念阿媽，醫生為什麼不能治好她？」

「小凱，我能體會你的感受。雖然我自己是醫生，但是，我在治療病人的時候，其實也有感到無助的時候呢！」史懷哲感嘆的說。

小凱感到相當訝異：怎麼可能？醫生不是全世界最厲害的人嗎？

他想到自己還有其他人，生病時只要去給醫生看，然後乖乖吃藥，很快就可以好了啊？

史懷哲說：「小凱，這是一般人對醫生的誤解；以為醫生有儀器、有藥方，就像是無所不能的神了！其實並不是如此。我們能做的，只是利用這些藥和儀器盡最大的努力醫治病人，剩下的還是得交給神來決定。」

小凱搖搖頭，他完全聽不懂。

史懷哲慢慢解釋給小凱聽：「醫生在治病時，都會做最好的準備，盡最大的努力；但是，藥和儀器的效力也是有限的，並不是無所不能。如果醫生盡了最大努力，病人也盡力之後，病人是復原或離開人世，都是交給神決定的，而不是醫生。」

「您是說，雖然醫生已經很努力，但是阿媽還是離開了，就是神要帶她走嗎？可是，祂不知道我們很愛阿媽嗎？」小凱心中有些不平。

史懷哲微笑的告訴小凱，如果大家都不願離開這個世界，以後地球就會大爆炸，因為到處都擠滿了人；不過，每個人離開前，都會留下珍貴的東西給親友們。

「珍貴的東西？」小凱一臉狐疑。「是呀，你看看桌上的螢幕，那些全是珍貴的東西呵！」桌上有一部電腦，竟然播放著一幕幕他和阿媽一起快樂上學、放學的影片。

「嗯！我知道了，那些快樂的回憶都是最珍貴的禮物。回家後我也會告訴爸爸，請他去跟醫生伯伯道歉。」小凱擦了擦眼淚。

「你不用擔心阿媽，相信她的神一定會好好照顧她、愛她的，就像你們愛阿媽一樣！」

給小朋友的貼心話

許多人應該都聽過史懷哲醫生吧！他為非洲的人民付出大半生，因為他有一顆悲天憫人的心。非洲是一個天然資源豐富的地方，當時去那裡的白人多半是為了掠奪當地資源。但是，史懷哲醫生到非洲並不是為了求取利益，而是不忍那裡的人民生病受苦、卻沒有醫生替他們治療，所以他選擇去需要他的地方。小朋友，想想看，你想為他人做些什麼事呢？

被討厭的勇氣（上）

「剛才這題有人會嗎？」班森老師語氣嚴厲的再問一次，全班依然鴉雀無聲。「如果秩序競賽你們也表現得這麼安靜，就不會最後一名了！」老師還在生氣。

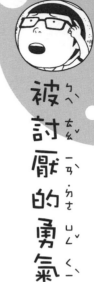

幾秒後，一個應該沒人會注意到的聲音冒了出來；眼尖的安德用眼角餘光掃到嘴角微動的傑米，立刻舉手還瞄了傑米一眼的說：「老師，傑米要回答。」

「傑米？你知道答案？」，這時，全班眼光立刻掃向教室最裡邊、一個戴著眼鏡、滿臉通紅的可憐男孩；傑米被這突如其來的問話嚇呆了，嘴巴像被三秒膠黏住似的，怎麼也打不開。

走在回家的路上，傑米感到非常失落；自己為何總是提不起勇氣，把知道的事好好的說出來。

「兒子！」爸爸站在窗口用力揮手，傑米好驚喜，爸爸這次出差這麼快就回來了！他立刻飛奔進門，緊緊抱住爸爸。

「學校有事嗎？這麼沒精神。」爸爸摸摸傑米的頭；「沒事啦！」傑米勉強擠出一絲笑容。

爸爸從袋子裡拿出一包東西：「打開看看！」傑米拆開後，立刻開懷的笑了：「哇！是『海克力士』，你拍到了啊！」

傑米的爸爸是專業攝影師，常四處奔波、上山下海的為雜誌拍照。他知道兒子學校生活所遇到的困難，卻只能從旁多給予鼓勵。這次拍到的「海克力士」——獨角仙中最大的一種，是傑米的最愛，便特別裱框送給他當生日禮物。於是，傑米將學校發生的不愉快暫時丟在腦後。

傑米心情恢復得很快，畢竟這不是第一次被同學捉弄；只是，他更懊惱自己，每次面對班森老師時就會啞口無言。不過，這也不能全怪傑米沒有勇氣，學校多數的學生都害怕跟班森老師說話。

在學校，傑米最喜歡的就是自然課；爸爸去工作時，往往會帶著他到野外攝影，他因此喜愛上大自然。每次上課前，傑米總是給自己加油打氣：「今天一定要讓大家看看自己不一樣的表現！」

這天又有班森老師的自然課。

老師今天介紹了很多昆蟲，原本就對昆蟲著迷的傑米聽得津津有味。忽然，他聽見老師說「世界最大的獨角仙是某某獨角仙」；「不對呀，我記得應該是海克力士！」傑米陷入混亂的思緒中；因為，家裡書架上的《獨角仙大集合》中記載著，世界最大的獨角仙明明就是「海克力士」！

班森老師注意到傑米臉上扭曲的表情：「傑米，有什麼事嗎？」

「沒……有……」傑米終究不敵班森老師的銳利眼神，話還是說不出口。

時間一分一秒的過去，傑米愈來愈不安。他認為，班森老師是全校最優秀的自然老師，不太可能會出錯；「但是，我看過好多次……」傑米的內心不斷掙扎。終於，在下課前一分鐘，傑米鼓足了勇氣，舉起顫抖的手……

下課了，傑米像洩了氣的球，吃力的收著書包；從身旁走過的同學，不時傳來譏諷的笑聲，讓他恨不得自己擁有超能力，可以瞬間離開教室。

「別理他們。」小柯安慰著傑米，同時向門外的同學大喊：「至少他比你們有勇氣！」「是呀，做蠢事的勇氣！」同學們笑著回應。

「老師錯了本來就該指正。」小柯繼續給傑米打氣。

話雖如此，傑米也瞭解，自己得罪的可是班森老師，是從來沒出錯的班森老師。剛才老師的臉色鐵青，看起來真的很嚇人，自己這學期的自然課肯定要得個C了！小柯拍拍傑米的肩膀：「別想太多啦，下星期見！」

給小朋友的貼心話

小朋友，你是上課時勇於發言的人？還是知道答案、但默默藏在心裡呢？有不少人害怕在課堂上發言；不管你害怕的原因是什麼，上課若能適時的回應老師的問題，好處可不少唷！除了可以讓老師更瞭解自己，還能跟同學們分享很棒的答案，加深印象，節省不少讀書時間，可說是一舉多得呢！

被討厭的勇氣（下）

傑米低著頭、拖著沉重的步伐回家時，忽然聽見身後一隻貓正用爪子磨蹭著大門緊閉的書屋。

「這是你家啊，貓咪？」傑米回過頭蹲下，摸著花貓的毛。當他正要向前敲門時，裡面突然走出一位蓬髮阿姨，嚇了傑米一跳。

傑米立刻抱起貓咪說：「阿姨，您的貓想回家。」阿姨將貓接過來，貓咪一進門便很快的消失在房子的盡頭。

「進來看書嗎？」阿姨問；「好啊！」傑米不假思索的回答。

蓬髮阿姨端出一盤香噴噴的烤餅乾請傑米吃，並和他聊了一會兒；「你看起來好像有心事？」阿姨試探的問。傑米沉默的低著頭，繼續吃完剩下的餅乾。

過了好一會兒，一個很沒自信的聲音說：「阿姨，您覺得有人永遠是對的嗎？」「我想應該沒有。」阿姨說。「即使是老師？」「沒錯！」阿姨堅定的回答。

傑米鼓起勇氣，將今天在學校發生的事告訴這位「毛毛阿姨」。「老師讓你感到難堪，的確不妥當；畢竟，每個人都有可能犯錯，父母、老師也有可能。我覺得你很勇敢！」毛毛阿姨眼睛一亮：「我有一個朋友，他和你一樣勇敢呵！我介紹給你認識吧！」

傑米來到二樓找阿姨的朋友，只見一位紳士正坐在椅子上喝茶：

「傑米你好，我是達爾文，來和我喝杯下午茶吧！」

聽到是達爾文，傑米興奮的說：「達爾文？就是您發表了『物競天擇』學說！」

「沒錯。我知道那將會為人類社會帶來思想方面的大轉變；即使面對無理的批判，我也要發表。」達爾文說。

「批判？為什麼？」傑米完全不瞭解。

演化論

達爾文解釋，在他生長的年代，教會的力量還是很大，有時候連國王都得聽從宗教領袖的意見。他發表的「物競天擇」學說，違反了教會的教義，在當時可是大大的不敬！所以，自從他發表之後，不但招來許多批評，甚至連一些朋友都與他疏遠。「但是，我還是要把我觀察到的事實說出來！」達爾文語氣堅定的說。

「我覺得您是真正的勇者！班森老

師只要多看我一眼，我就嚇得不敢說話了。」傑米用非常佩服的眼光看著達爾文。

達爾文也稱讚傑米：「你今天也很勇敢呀！不是每個人都有勇氣或願意指出別人的錯誤。不過，如果換成是我，我大概會拿著書私下去找老師討論。」傑米點點頭：「我知道了。」

第二天，當傑米拿著書去找班森老師的時候，老師並沒有生氣。「我當時確實有些震驚；不過，像你這樣平常上課安靜的學生，一定是鼓起很大的勇氣，老師應該讚許你的！」班森老師語氣平靜的說。

傑米實在太高興了，老師給了他大大的鼓勵，讓他心中充滿了自信。

給小朋友的貼心話

對長輩或很有學問的人，要大膽的指出他們的錯誤，真不是一件簡單的事！達爾文在他發表「物競天擇」的想法前，已經花了很多年不斷的尋找事實驗證，然後才慎重的發表。當我們指出別人的錯誤前，一定要很小心的先檢視自己，然後再用謙遜、尊重的態度和對方討論；畢竟，在被指出錯誤時，多數人的心裡一定都會不舒服。然而，該說的時候，還是要鼓起勇氣，就像達爾文一樣！

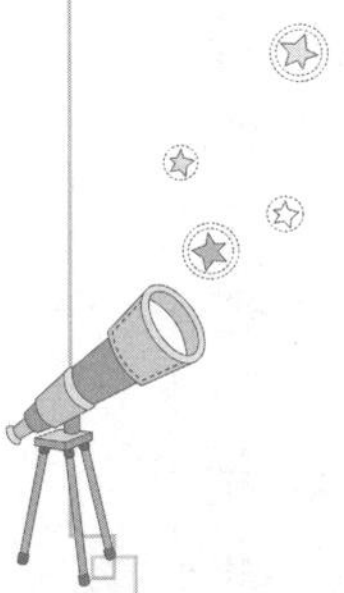

美琪的報告（上）

放學的鐘聲響起，大家迅速的收拾好書包往校門外衝；也許是星期五的緣故吧，一種解脫的輕快全都寫在臉上。

美琪追在同學後面大喊：「尼克，你們等一下啦，我們的報告還沒分配工作呢！」

尼克邊走邊回頭說：「交給妳就對了，我的精神與妳同在，加油！」其他人有的點頭、有的比讚，然後一溜煙全不見了，留下一臉錯愕的美琪。

回到家，美琪滿臉不高興；媽媽覺得奇怪，便問：「美琪，今天晚上要去看電影，怎麼不高興？」於是，美琪將分組報告的事說給媽媽聽。

「嗯……這的確是一個難題；不過，也只能靠妳自己想辦法解決！」媽媽親了一下美琪的額頭。「我知道啦！」美琪嘆了一口氣。

晚餐時，美琪反覆想著：如果作業全部自己做，分數高了，讓同學坐享其成，真是不甘心；可是，故意做不好，又會影響自己的成績。「大家真是太過分了！」這是她的結論。

媽媽晚餐準備了她最愛吃的紅燒豆腐，她卻覺得沒有以前美味可口。「媽咪，為什麼今天的紅燒豆腐好像沒那麼好吃？」美琪問。

媽媽笑著說：「今天少了一味調味料，那是妳自己該準備的！」

美琪不是很瞭解媽媽的意思。

第二天早上，美琪醒來時心情已經好多了，因為前一晚的電影還算精采。她決定要先去圖書館找資料，再看看要花多少努力做報告。

當她經過學校附近時，發現了一間很特別的書店；「今天是假日，書店怎麼會這麼早開門？」當美琪還在納悶時，就聞到一陣咖啡和麵包的香味，那氣味像是有股魔力般的把她吸引進去。

「妳好啊！」一位捲髮阿姨很有精神的跟她打招呼。「阿姨早安，已經開門了嗎？」美琪還是有些疑惑。

「是啊！」捲髮阿姨說，她的書店比較不一樣，假日都比平常早；她希望早起的人能來看看書，順便悠閒的吃頓早餐。

「對了，今天沒上學，這麼早妳要上哪兒去呀？」捲髮阿姨問。美琪開始抱怨：「我也不想這麼早！都是那些同學，報告都推給我做，我只好早點去圖書館找資料！」捲髮阿姨說：「妳一定是很棒，同學才會讓妳負責；當然，他們也不能全推給妳一個人啦！」

捲髮阿姨問美琪是否需要幫忙，美琪告訴阿姨自己想找的書本類型；不過，她不需要很仔細的資料，只要能把報告交出去就好了。美琪心裡還是很不平的說：「如果大家都得高分，我心裡會不舒服！」

捲髮阿姨聽了，微笑著對她說：「我想，我應該有辦法解決妳的問題。」捲髮阿姨說「辦法」在二樓，請美琪自己去看。

給小朋友的貼心話

小朋友，你在學校遇過跟美琪一樣的問題嗎？如果同學把作業都丟給一、兩個人或是只叫你做時，你會如何解決這樣的問題呢？是跟美琪的想法一樣，隨便做做就好，還是會想其他辦法？

美琪的報告（下）

美琪照著捲髮阿姨說的上了樓，在一個很大的工作檯前看見一位大鬍子爺爺在繪圖。美琪好奇的問：「請問您在畫什麼？」

「這是教堂的設計圖。」爺爺聲如洪鐘，差點兒讓美琪嚇一跳。

美琪看了一下設計圖；「我好像在電視上看過——是聖家堂！您不會是高第先生吧？」美琪驚呼。

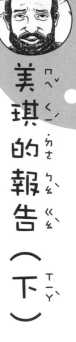

高第笑著點點頭：「妳就是美琪吧？聽說妳有課業上的問題？」

美琪非常高興；有高第先生的幫忙，她一定可以輕鬆完成作業。

她告訴高第先生，自己有一份作業，是要介紹一個國家；不需要太多資料，反正只有自己做，只要能趕快做完交出去就行了；因為，她不想讓其他人得高分……美琪愈說愈小聲，因為高第的臉色愈來愈可怕。

「妳如果不想好好做，我就不幫妳了！在我一生當中，雖然有未完成的作品，卻絕對沒有隨便做做的東西！」高第看起來非常生氣，美琪只好答應他會好好做，才讓高第的氣消了。

高第向美琪介紹他的家鄉——加泰隆尼亞（目前屬於西班牙），稱讚那是一個熱情、充滿藝術氣息的所在。花了他最多心力的作品聖家堂，則用了他大半生的時間；直到他離開人世，甚至連一半都還沒完成。

高第很感謝那些曾經與他一起工作的人，謝謝他們和他一起同心，為完成這個偉大作品付出的努力；同時，他也向世人展現了加泰隆尼亞為建築藝術所做的貢獻。

高第說：「如果沒有大家團結合作，這個跨世紀、歷經一百多年的浩大工程一定無法完成；也就是說，我們要讓偉大的作品誕生，需要靠很多無名英雄。」他沉默了一會兒，然後繼續說，即便是無名英雄，大家還是一樣認真努力、默默付出。

高第認為，一件偉大的事，是有許多人在背後支持；雖然不是每個人都可以名留青史，但人人都可以成為成就別人的無名英雄；不要擔心自己默默無聞，有才華的人光芒必定會顯露。「如果妳很努力，

我相信老師和同學們會為妳的付出所感動的。」

聽完高第的話，美琪為自己的想法感到慚愧。她還聽了高第介紹好多其他的作品以及加泰隆尼亞的歷史文化，高第還帶著她透過影像欣賞聖家堂；雖然尚未完成，但是那種莊嚴、偉大，已經深深撼動了美琪的心。

回家後，美琪非常認真的完成了報告，並且將報告分享給組員們，幫助他們做好上臺的準備。她不再介意自己做得太多，只希望這個「作品」很成功並且有價值。

報告當天，美琪這組果然得到最高分，受到老師和同學的讚許。最後，老師還問了一個問題：「大家知不知道，聖家堂到底完成了沒？」

只有美琪知道答案，她說：「現在依然還有很多『高第』在努力幫高第先生完成聖家堂！」

給小朋友的貼心話

小朋友，你認識高第這位非常有才氣的建築師嗎？他在一八八三年接下了興建聖家堂的工作。這座教堂工程十分浩大，主要結構除了中間的耶穌塔和聖母塔外，旁邊還圍繞著十六座高塔。施工期間雖然遇到許多困難，甚至經歷世界大戰，他和後來的人還是努力度過了。相信再過不久，我們就能看到聖家堂的完整面貌了！

破碎的幸福（上）

阿德是一位即將步入中年的爸爸，年輕時就夢想打造一個屬於自己的幸福家庭。

小女兒小米今年進入國小就讀了，這件令全家高興的事，讓他們開心的忙了一陣子。但是，這樣的喜悅並沒有維持太久。

首先是阿德失業了。因為不想配合老闆日夜不停的加班，在老闆百般刁難後，他選擇離職。幸好，在太太的鼓勵下，意志消沉的阿德還是打起精神，暫時以打零工維持家計。

然而，不久前，太太卻突然因車禍而過世。從那時候起，阿德就一蹶不振，家中全靠年邁的老母親打零工和撿拾資源回收過日子。還好小米很乖，只要有時間就會幫阿媽的忙。

無所事事的阿德整天不是喝酒就是在街上閒晃。有時候醉倒在路邊，碰上好心的鄰居或里長伯，就會幫忙將阿德抬回家，阿媽總是不停的對他們鞠躬道謝；等阿德酒醒後，再苦口婆心的勸他振作起來，快去找份工作養家。

這種令人不安的日子，就這樣幾乎每天反覆……

慢慢的，有人知道常睡在路邊的遊民原來是小米的爸爸；在學校裡，開始有人對小米姊妹指指點點，也有同學和她們保持距離，這讓小姊妹心裡非常受傷。

「我討厭爸爸！媽媽不在了我們也很難過呀，他卻讓我們在學校和社區丟臉。」小米的姊姊忿忿不平的哭著說：「他是全世界最差勁的爸爸！」

阿媽慈祥的安撫著孫女：「好了、好了，妳阿爸心裡也不好過，小聲一點。」

小米則靜靜的坐在通往二樓的樓梯上，擦著眼淚聽著這些爭吵。阿媽曾告訴她，六年級的姊姊快要「轉大人」了，所以才會常跟爸爸吵架。

小米原本以為，媽媽走了，家裡只是少了一個人，可是並非如

此。家裡不但少了媽媽，更少了一種聲音，少了一些關心，少了很多歡笑，也少了「家」該有的樣子！

小米很想念以前全家一起出去玩的日子，大家都好開心；一起去餐廳吃飯，雖然不是山珍海味，所有的餐點卻都美味無比。

小米緊緊抱著她的小熊；這隻從出生就陪著她的小熊，身上還隱隱聞得出媽媽的味道。

阿德靜靜的走出房間，重重的摔門出去了。走出去沒多久，遠遠的就看見里長伯迎面走來，小米爸爸立刻轉身往別條路走。

里長伯邊喊邊追上來：「阿德，等一下！」里長伯呼了一口長氣說：「你媽媽託我幫你找工作，正好清潔隊要一個臨時工，你就先去做一做，不要讓媽媽擔心；孩子也得顧，不要忘記你是當爸爸的人了！」

阿德像遊魂般的走進雜貨店，賒了一瓶酒邊走邊喝。他經過一家書店門口時，聽見裡面傳來一首熟悉的音樂，那是他和太太結婚當天播放的音樂。阿德忍不住落下淚來：為什麼自己辛苦打造的家，現在如此破碎不堪！

就在他不經意的往裡看時，一位戴著眼鏡的捲髮小姐剛好看見他悲傷的眼神；阿德立刻轉身要離開，卻被這位小姐叫住：「你好，我叫毛毛，請進來坐坐吧！」

給小朋友的貼心話

小朋友，每個人在生活當中都會遇到困難，大人也不例外。當你遇到困難時，會向家人求助嗎？別忘了，家是讓我們倚靠的地方，家人是我們互相扶持的助力；我們把愛給了家，也從家得到了愛！

破碎的幸福（下）

阿德感到很不好意思，他覺得自己髒兮兮又一身酒味，進去這樣乾淨又有小孩的地方，可能會嚇到孩子；但是書屋的小姐非常熱情，讓他不好拒絕。

毛毛端出了餅乾及一壺熱茶款待阿德。在與他閒談之後，毛毛瞭解阿德的遭遇，也很同情他：「只是，別忘了，你還有兩個小孩，她們也沒了媽媽；你借酒澆愁，孩子們該怎麼辦呢？」阿德沉默不語。

「我有一個朋友，他也曾經遭遇重大挫折，但他始終都不放棄。我想介紹你認識他，相信他可以讓你更有勇氣站起來！」

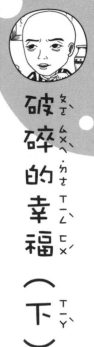

阿德帶著疑問往二樓走，心想：「我已經很慘了，還有誰比我更慘？」

來到二樓，阿德看見一個理著光頭的小男孩兒坐在那裡。小男孩的身子非常瘦弱，一雙眼睛卻炯炯有神，讓人感受到他旺盛的生命力。

「小朋友，書店的毛毛阿姨要介紹她的朋友給我認識，你知道他在哪兒嗎？」阿德很客氣的問。小朋友微

笑著，有些不好意思的說：「我就是她的朋友。」

阿德心想：「這頑皮的小孩在捉弄我嗎？」於是接著說：「我知道你也是她的朋友。我是指，毛毛阿姨有一個……大人的朋友，他在這兒嗎？」

小男孩噗哧一笑：「真的是我啦！我就是毛毛阿姨要介紹給你的朋友。」

阿德終於明白：「毛毛阿姨要介紹給我的朋友就是你？一個小孩？」

「沒錯！別看我只是一個小孩，我曾經因為生病而受過不少苦呢！」小男孩兒收起了笑容。

阿德有些同情的說：「小小年紀就生了大病，真是可憐呀！」

小男孩對阿德說，自己得了癌症，但是他一直相信醫生叔叔會治好自己的病，所以他告訴自己要勇敢，一定要打敗病魔，也是為了不讓爸爸媽媽擔心。

「你真棒！乖孩子。」阿德心疼的說。小男孩又說，自己是勇敢的武士，所以他跟病魔戰到了最後一刻！

雖然最後他失去了一條腿，也沒戰勝病魔；但是，他努力過了，就算失敗也不後悔。「最重要的是，我的努力也讓我和最愛的家人多相處了一段時間，也沒讓爸爸媽媽失望。」

這麼懂事又勇敢的小孩，阿德聽了既心疼又慚愧：「我連一個小孩都不如！」阿德痛哭失聲，久久無法停止。

「謝謝你告訴我你的故事。對了，我還沒問你叫什麼名字？」阿德擦著眼淚，哽咽的問他。

「我叫周大觀。」小男孩靦腆的笑著。

「謝謝你讓我有勇氣再站起來。我實在不應該讓我去世的太太擔心，得好好照顧我的媽媽和孩子們了。」阿德露出難得的笑容，笑容裡透出堅定的信心和力量！

給小朋友的貼心話

很多小朋友都有生病的經驗，不論是感冒或是腸胃炎，都令人非常不舒服；得癌症的人更不用說，那種痛苦連大人都受不了，何況是一個小孩。周大觀，一位生命小鬥士，他與病魔奮戰的故事感動了許多人。希望他的勇氣和堅強的意志力能鼓舞小朋友，遇到困難時不要害怕，勇敢迎戰它！

時尚男孩（上）

湯尼是個不太一樣的男生，他總是能注意到女生都沒發現的細節，做到大人偶爾會忽略的貼心。這樣的人，照理來說應該是個大受歡迎的風雲人物；可是，並沒有。他雖然是個有名的人物，卻不太受歡迎。

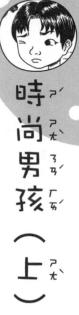

「湯尼好了沒？我們只是去看個電影，快點可以嗎？」「好啦！別催了。」

房門終於打開；湯尼才踏出一步，媽媽就一副要昏倒的表情：

「湯尼，我們去電影院，應該不用戴帽子吧！而且，你的衣服配色對比太強，你掛的那條骷髏頭項鍊有點太……太那個啦！別忘了你是男生，不要打扮太過頭了。」

「媽，我這可是專為去電影院而穿的。妳看，戲院冷氣很強，所以要戴帽子；裡面很暗，所以衣服要鮮豔才明顯；衣服對比鮮豔，這條項鍊正好讓它低調些，所以我覺得這樣很好呀！莉莉，我也幫妳準備了一頂帽子呵！」湯尼笑著幫妹妹戴上。

「一般人只會覺得你標新立異！」媽媽完全不認同。

「可是，我也覺得哥哥這樣很好看！」莉莉在一旁替哥哥幫腔。

她一直都是哥哥的忠實粉絲，對哥哥的獨特眼光非常崇拜。

「還是莉莉懂得欣賞。」湯尼對妹妹投以感謝的目光。

爸爸出面緩頰：「算了，今天來不及換，就先穿這樣出門。下次可別這樣了！」

正如莉莉說的，湯尼的眼光確實很獨特，但同學中能認同他的人並不多，應該說絕大部分的人都不認同；就像媽媽講的，他們覺得湯尼根本就是個標新立異的怪人。

「哥哥，有一件事想請你幫忙好不好？」莉莉有些不好意思的向哥哥提出要求。當她跟哥哥說完事情原委後，接著又說：「我有兩個好朋友，她們也……」「她們也要對不對？」莉莉點點頭。

「好啦！可是，妳不可以跟爸媽說呵！」湯尼擔心爸媽知道後，必定免不了一頓訓斥，於是要求莉莉保密。

打從妹妹請託的那天起，湯尼只要一有空，就會關在房間裡。

「湯尼，這幾天怎麼都沒出來看電視？」媽媽感到有些疑惑；「是……學校快考試了，這次我想早點準備……」媽媽心裡好高興，覺得這孩子終於開竅了！

妹妹要的服裝終於趕完；同時，湯尼這次考試的成績單也發下來了。媽媽簡直不敢相信自己的眼睛，湯尼怎麼會考這種成績？他不是很早就開始準備了嗎？

爸爸下班後才剛踏進家門，媽媽的怒火再也按捺不住：「你看看！湯尼考這種成績，將來要念哪一所高中？」「我可以念職校呀！」湯尼回答。「念職校將來可以上好大學嗎？」爸媽你一言、我一語的輪番上陣。

莉莉覺得對不起哥哥，便跟媽媽自首：「媽媽，都是我拜託哥哥幫忙做萬聖節的衣服，所以他才會考不好。嗚……哥哥，對不起……」

媽媽終於暫停，瞪著兒子。「莉莉乖，沒妳的事啊！」爸爸幫莉莉擦擦眼淚。「以後不准再讓我看到你弄那些東西！」媽媽沉著口氣說。

「為什麼？我就是喜歡做！我想當一個設計師，為什麼不讓我做！」湯尼氣呼呼的走出家門。

給小朋友的貼心話

你曾想過自己的夢想是什麼嗎？如果你和湯尼一樣很早就知道自己的興趣，卻無法受到認同時，該怎麼辦呢？千萬別氣餒，也許你可以更努力，用更好的表現讓大家認同；也可以找認同你的老師或長輩，請他們幫忙你。可別輕易放棄呵！

時尚男孩（下）

在街上晃蕩的湯尼難過極了，他覺得爸媽一直不瞭解自己，不讓他做自己喜歡的事。

就這樣走著，他來到了一家書店前，覺得這家書店像是有股特別的魔力在吸引他。「好吧，進去翻翻雜誌轉換心情好了。」湯尼伸出手輕輕的推開門。

「歡迎光臨！」一位戴著黑色鏡框、滿頭捲髮的阿姨打著招呼；「這位阿姨的打扮真獨特！」湯尼從心裡打量著。

「找什麼書？需要幫忙嗎？」

「阿姨，你們這兒有時尚雜誌嗎？」

「很抱歉，我們這兒沒有。可是……你還真特別，我覺得你的穿著打扮很好看。還有，你看時尚雜誌，這大多是女生喜歡的，難怪剛才你盯著我看。」

「啊！被妳發現了，對不起。不過，也只有阿姨和我妹妹認為我特別，其他人都覺得我是怪咖，包括我爸媽。」湯尼一臉沮喪的說，「大家都說我標新立異，其實我只是喜歡打扮，也沒有故意要和別人不一樣，真不知道該怎麼辦？我想，是不是該當個聽話的乖小孩，放棄自己的夢想，順從大家的眼光，穿得跟其他人一樣？」

「如果你真的很困擾，讓我介紹一位朋友給你認識吧！他也曾經跟你一樣，不知道是不是要照自己的想法堅持下去。」捲髮阿姨笑著說。

湯尼依照阿姨的指示，走進書屋最裡面的小花園，他看見有個人在那兒作畫。

「對不起，我是湯尼，請問您是不是阿姨的朋友？」當他走近時，終於看清楚了眼前的抽象畫。「這是畢卡索的畫，我認得！」

「小子，你很不錯，認出了我的畫！」那個人回過頭說。

「您是畢卡索？」湯尼大吃一驚，接著說：「雖然我看不太懂，但是我非常喜歡您畫裡的配色。」湯尼一臉興奮。

「剛才我聽說你要放棄你的夢想？」「沒辦法，爸媽不支持我，也沒人欣賞我，除了我妹妹莉莉。」湯尼有些沮喪的說。

「你知道世界上最困難的事是什麼嗎？」「我想想……考一百分、上課不打瞌睡，這些對我來講都很難耶！」湯尼不好意思的說。

「對我來說，世界上最困難的事情，就是放棄自己最喜歡做的事！」畢卡索停了一下後又接著說：「不過，我看你倒是放棄得滿快的；所以，那些放棄的事應該也不算是你最喜歡的事吧！」

被畢卡索這麼一說，湯尼當下覺得像是被棒子狠狠敲了一下。

「是呀！我一直說自己喜歡設計、打扮；但是，才遇上這麼小的困難我就馬上想放棄。」湯尼感到有些慚愧。

畢卡索接著說：「如果當年我也接受朋友的看法，放棄自己的創作，今天的世界就不會有這些不一樣的作品存在了。你知道我為什麼沒放棄嗎？因為那些我傾全力創作的，我知道它們很不一樣；更重要的是，我很喜歡它們！」

聽完畢卡索的話，湯尼受到很大的鼓勵：「謝謝您，畢卡索先生！」

給小朋友的貼心話

相信大家都看過畢卡索的抽象畫。想想看，如果你是他的朋友，你會支持他、稱讚他？還是勸他放棄呢？再想想看，如果換成你是畢卡索，別人用異樣的眼光看你、批評你時，你會放棄？還是像他一樣堅持？

要成為一位大師並不容易，要成為引領時代的大師更不容易，尤其是超前好幾個世代的作品。希望你未來就是那個引領時代的大師！

舞臺下的主角（上）

艾爾今年剛上七年級，最期待的就是多采多姿的社團活動；「我的夢想終於要實現了！」艾爾心中竊喜。在他心中的第一社團，絕對是「西洋音樂社」！

第一個星期的社團日，艾爾拿著他心愛的吉他，緊張又興奮的來到社團教室，準備和其他人相互切磋，以增強自己的功力。但是，左等右等，就是沒人理他這個菜鳥，也沒看見有人帶領大家練習。

映入眼簾的景象也令他覺得奇怪；除了幾個人拿著小提琴圍著鋼琴在練習，其餘的人都在一旁聊天，像是兩個世界的兩群人。

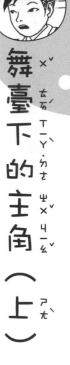

艾爾有些摸不著頭緒，於是問了旁邊的一位同學：「你好，我是艾爾，請問……」，這位同學看了艾爾一眼：「喔，你是新來的，叫我阿齊就行了。」

「好的，阿齊。我是想問……」艾爾還沒說完話，再度被阿齊打斷：「我知道你想問什麼，先讓我看看你帶來什麼樂器。吉他？兄弟，你是屬於我們這邊的。」

於是，阿齊將去年愛莎來到社團、並且當上社長的經過說給艾爾聽。

「所以，愛莎當上社長後，西洋音樂社就變成了演奏古典音樂的社團？這跟我所知道的西洋音樂社不一樣呀！我是特地來這兒練功，盡情唱歌的。」艾爾失望的說。

「聽說愛莎因為在弦樂社沒選上鋼琴首席，於是轉戰到西洋音樂社來。在她身旁除了幾個小提琴手，還有一個拉大提琴和兩個吹長笛的。」

「可是，你們坐在這兒聊天也不是辦法，總要練琴吧！」小齊壓低聲音說：「我們可不是坐在這兒聊天的，而是在討論如何不讓愛莎繼續當社長的辦法。要加入嗎？」

艾爾想到自己期待的西洋音樂社，竟然變成這般情況，確實讓他非常失望。要離開這兒去其他社團？還是繼續留下來實現夢想？他考慮了好一會兒才說：「好吧，我決定加入大家。現在該怎麼做呢？」

小齊向艾爾說明，社長的改選時間是在寒假過後，但是大家不想等到那個時候，因為這學期有感恩節和聖誕節兩場重要的表演。根據規定，社員在九月底有一次機會可以對社長進行不信任投票，並推舉新社長；如果成功了，大家就有機會可以上臺表演，否則便要再等一學期。

彈貝斯的阿丹說：「扣除社長候選人不能投票，現在兩邊的票數是一樣的。」「你們忘了還有我呀！」艾爾說。「進社團不到三個月的社員沒有投票權啦！」小齊說：「看來，我們得從敵營拉一個人來才行。」「那根本是不可能的任務嘛！」阿丹感到十分洩氣。

大家沉默了一會兒，艾爾又說：「大家別氣餒嘛，都還沒試過怎麼知道不可能。對了，如果成功了，我們要表演什麼呀？」

大家忽然驚覺到這個問題，又是一陣沉默。「是呀，我們只想著對付愛莎，根本就沒想過準備表演的事。」小齊說。

「現在時間緊迫，我們得盡全力拉票；節目……怎麼辦呢？」阿丹提出，所有人再度陷入沉思。

小齊說：「我想，節目交由艾爾規畫吧！」艾爾驚訝的說：

「我？不會吧！我是剛來的菜鳥耶，而且吉他彈得也不好。」

「你是新人，拉票比較困難，節目的安排還是拜託你了；雖然最後我們不一定上得了臺。」阿丹哀求說。

給小朋友的貼心話

小朋友，如果今天有一項重要又困難的任務要交給你，你會怎麼選擇呢？是害怕困難和麻煩，然後立刻拒絕？還是經過思考，勇於接受挑戰？有時候，我們沒有試著做做看，不一定瞭解自己的潛能如何，也許超乎自己想像呢！試著給自己多一點機會吧！

舞臺下的主角（下）

走在回家的路上，艾爾不禁懷疑自己，是否可以承擔起這次的責任？如果可以順利上臺表演，節目卻不夠精彩，大家會不會後悔沒讓愛莎繼續當社長？話說回來，萬一還是愛莎當選，這些辛苦安排的節目都會是白忙一場……忽然，他撞上了某個東西——

「唉喲！好痛！」艾爾抬起頭看見一位戴眼鏡的捲髮阿姨；「對不起，我不該走路不專心。」「我沒事，你有沒有受傷？啊！眼角流血了，大概是撞到我的鏡框。進來店裡，我幫你擦藥。」

「朋友都叫我毛毛。」阿姨一邊介紹自己，一邊幫艾爾擦拭傷

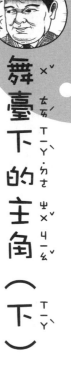

口，「什麼事讓你想得這麼認真？」毛毛阿姨好奇的問。

艾爾告訴毛毛阿姨，自己原本很期待進入學校的西洋音樂社，卻遇到社長改變社團作風，所以大家想重新推選社長。所有人都在為社團的改變努力，自己也樂意幫忙；只是，被分配到規畫節目的任務，感覺並不容易，很擔心自己做不好。

聽艾爾說完，毛毛阿姨收起醫藥箱，拍拍艾爾的肩膀：「別擔心，我相信我朋友可以幫你的忙。」「真的嗎？」「嗯！」毛毛阿姨肯定的點點頭。

艾爾穿過書屋的玻璃門後，迎面是一座看起來有些熟悉的小花園，中間放著兩張椅子。「這兒有點熟悉，我來過嗎？」突然，他想起歷史課本裡有一張第二次世界大戰時三巨頭的照片。

「嗨！艾爾。」一個聲音從後面傳來；「您是……邱吉爾首相！」艾爾實在很驚喜。

「呵呵！來，坐下吧。我聽說你很擔心社團的事，遇到什麼困難了？」

「我對於自己被指派規畫節目的事沒把握。」艾爾低著頭、搓著手指。

邱吉爾問：「你做了嗎？」「嗯……還沒有……」艾爾小聲的回答。

邱吉爾又問：「那你為什麼認為自己會做不好？」

「我擔心自己可能會做不好，難道您從沒這樣擔心過嗎？」艾爾好奇的問。

邱吉爾整理一下服裝，重新坐好。他說，自己通常不會先想能不

能把事情做好，只會想著一定要盡全力完成。就像第二次大戰期間，整個歐洲幾乎崩潰、快要失去信心時，「我認為我們只能成功！」邱吉爾斬釘截鐵的說：「所以，我只想著帶大家朝成功的方向走。」

艾爾聽完後增加了不少信心：「是呀，與其胡思亂想，我還是趕緊去做吧！首相先生，謝謝您！」

艾爾回家後，立刻找了就讀大

學的表姊，請她帶自己去觀賞了幾場大學演唱會；接著，他又找了許多曲子和演奏的樂譜，忙了好多天之後，在投票表決日前又召集大家。

艾爾將所有節目流程及需要的樂譜都替大家準備好，並為大家詳細說明；每個人都非常訝異，這個菜鳥學弟竟然做得這麼好。

阿丹感嘆的說：「可惜，我們沒有拉到任何一張票，這麼棒的節目也無法表演了。」

「各位學長，其實我有想到一個好方法……」艾爾吞吞吐吐的，沒有將話說完。

所有人都屏息等待，阿齊說：「艾爾，你就快說吧！」

艾爾有些害羞的說：「如果由我來當社長候選人，就能多出阿齊學長的一票，這樣就能贏過愛莎了。」

聽完艾爾說明後，所有人大聲叫好：

「艾爾，真有你的！」

給小朋友的貼心話

第二次世界大戰時，德軍在歐洲大陸幾乎攻無不克；英國因為有英吉利海峽分隔，才躲過一劫。然而，當時要領導整個歐洲反敗為勝，那是相當艱困的戰事；邱吉爾就在這個時候臨危受命，帶領盟軍反攻，獲得最後勝利。大家或許以為邱吉爾應該從小就表現優異，其實並非如此；但是，他個性積極正向，後來才能成為一位出色的領導人才。所以，小朋友們可別小看自己呵！

單眼皮女孩（上）

藥妝店裡的開架商品玲瑯滿目，薇琪毫不猶豫的向店裡的樓梯旁走去，那裡全是為了像她這樣年紀的小女生所設的專區。

薇琪快速的往貨架上掃瞄一遍，眼尖的她立刻發現一款新上市的口紅。她拿起試用品熟練的在嘴唇上塗抹，抿了抿嘴再看看鏡中的自己：「嗯，還不錯！」接著她又試了其他東西。玩夠了，再小心的將臉上的妝擦拭乾淨，然後才拿了架上的東西去結帳。

薇琪曾經跟媽媽提過，很羨慕別人有漂亮的雙眼皮，她想大一點的時候去割，媽媽卻不同意；她說，單眼皮女生既有特色又可愛，自己長大後就會知道。可是，看看電視上，大部分偶像明星都是雙眼皮，薇琪根本不覺得單眼皮有什麼好看。她偷偷的存錢，希望等自己上了高中時可以去割雙眼皮。

這天，薇琪很早就和爸媽道晚安，因為她迫不及待的想快點使用今天才買的貼片；這款貼片是她最喜歡的偶像男星代言的，男明星和她一樣都是內雙。薇琪從電視廣告見識了貼片的神奇效果，而且廣告說效力可以維持一整天。懷著興奮心情上床的薇琪，卻因此比平常還晚才睡著。

即便如此，薇琪第二天還是起了個大早，她等不及要看貼片在她身上發揮的神奇魔力。「啊……我的眼睛！」薇琪簡直嚇壞了；原來，

她對眼皮的貼片產生了過敏反應。

經過一個早上的折騰，薇琪低著頭、安靜的吃早餐。爸爸一臉疑惑的看著她：「薇琪，為什麼想要變成雙眼皮？爸爸覺得單眼皮很可愛呀！」

「是嗎？可是我想要漂亮呀！」薇琪落寞的扒著飯。

「還好今天星期六，不然看妳怎麼去學校！」媽媽苦笑著喝了一口咖啡。

爸爸抓抓頭轉向媽媽：「老婆，

我記得妳原來好像也是內雙，對不對？」「嗯。」媽媽輕輕的點點頭。薇琪突然眼睛一亮：「真的？媽媽，是真的嗎？你們有沒有騙我？」

「是真的，媽媽從小也是單眼皮女生；後來不知為什麼，雙眼皮就跑出來了。」媽媽現在仍覺得奇怪。「可能是胖了吧！」爸爸頑皮的說。

到了下午，薇琪的眼皮幾乎消腫了；她告訴媽媽想上街逛逛，轉換一下心情。

不知不覺，薇琪又來到了藥妝店，雖然猶豫了一下，還是走了進去，朝著靠樓梯的那一區走去。

看著牆上偶像燦爛的微笑，望著琳瑯滿目的化妝品，薇琪想著醫生跟她說的話：「因為有些化妝品的品質不好，很容易造成過敏；所以，若是會過敏的東西，以後就不能再用了。」

薇琪的心情再度消沉下來……

給小朋友的貼心話

小朋友，你是個很在意外表、或對自己外表不滿意的人嗎？其實，每個人都有自己的特色，能接受自己才是最重要的。就像有人喜歡原始森林，有人喜歡人工遊樂園，每個人欣賞的角度及類型都不同呢！

單眼皮女孩（下）

離開藥妝店的薇琪忽然覺得好想找個人聊一聊；但是，誰能瞭解單眼皮女孩的心情呢？

走到學校附近，她發現有一家像是新開的書屋。「嗯，去看看有沒有關於藥妝的新資訊吧！」

走近書屋門口就聞到了淡淡的花香，這讓薇琪稍稍緩解不愉快的心情。

「歡迎光臨！第一次來嗎？」走進門，便有一位滿頭捲髮的阿姨熱情的對她說。

「嗯，我是第一次來。我想來看看……有關於化妝的書……」薇琪有些不好意思說。

「哇！好久沒遇到單眼皮女孩了，好可愛呵！」看著薇琪的臉，捲髮阿姨開心的稱讚。

薇琪笑著說：「我爸爸也說我可愛耶！」隨後卻洩了氣：「可是……我想當個『漂亮』女生。」

「原來如此。」阿姨點點頭，拉著薇琪一起坐下。她拿下臉上的眼鏡，撥開額頭的瀏海：「我叫毛毛。妳看，我和妳一樣是單眼皮女生耶！也挺特別的吧？哈哈……」她重新戴上眼鏡。

「雖然可愛沒有不好，但是……大家都喜歡漂亮的女生嘛！」薇

琪有些抱怨。

「嗯……我有一個朋友，他也很特別，相信妳一定會非常喜歡他，我介紹給妳認識吧！」

薇琪走上二樓，看見一個熟悉的身影：一位戴著高帽、手拿拐杖、穿著寬大衣服的人；「卓別林！」薇琪立刻脫口而出。

卓別林先生秀了一小段默劇，逗得薇琪哈哈笑：「先生，您模仿得實在太像了！」薇琪拍手說道。卓別林表演完後，隨即脫帽並鞠躬致意：「謝謝！」

他告訴薇琪，這些表演花了他不少時間去觀察人；每個人都有自己的特色，而他必須找出來！

「在我看來，您表演得就跟他們一模一樣呢！」薇琪接著問：「模仿過那麼多人，您最想變成誰呢？」

「妳又想成為誰呢？」卓別林反問。「我？當然是想成為我最喜歡的偶像嘍！」薇琪回答。

「為什麼？」卓別林又問；「因為她有大大的眼睛、雙眼皮，我覺得那樣很漂亮呀！您呢？最想成為誰？」薇琪說。

「說實話，我還是最喜歡當我自己！」卓別林充滿自信的說。

「真的嗎？為什麼？」薇琪有些疑惑。

卓別林想了想說：「妳看過孔雀開屏嗎？」「嗯！」薇琪點點頭；卓別林挑動了一下左眼的眉毛之後說：「那真是非常漂亮又華麗啊！」

「那麼，妳看過野雁飛翔嗎？」卓別林又問；薇琪立刻猛點頭：「嗯！爸爸帶我去海邊賞鳥，看南遷的野雁，牠們翱翔天際的英姿也很美！」

這時，薇琪若有所悟的說：「是啊，雖然牠們很不一樣，但是都很美！」

「薇琪很聰明！沒有一個人是完美的，每個人都有屬於自己的特色；只要扮演好自己，做自己最自在、也最快樂！」

給小朋友的貼心話

卓別林是最偉大的喜劇演員之一，他表演過無數的小人物，對於揣摩這些人物有很深的心得與感受；小人物的真實，表現出他們可愛的一面。演員雖然演的是別人，但做的依然是自己。

球場風波（上）

牆上的分針還差五格才爬到放學時間，教室內已經開始微微騷動；湯普遜老師也感到這股不安定的情緒正在教室中逐漸發酵，便立刻用他那雙強力電眼快速的將教室掃描一遍，希望將這股不安定的情緒控制住。

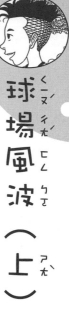

「喬伊，你最好把書本放回桌上，否則下課後你就陪它留下來。」才花三秒鐘就精準命中，湯普遜老師的功力果然無人能及；喬伊只好無奈的將已經被迫提早五分鐘下場的歷史課本再請出來。

鐘聲一響，喬伊和同學立馬以破奧運紀錄的態勢，全力往球場方向衝刺；沒想到，隔壁班的同學卻比他們早一步就定位。喬伊懊惱極了：「要不是被湯普遜老師抓到，我們就能提前兩秒搶到球場。看來，今天又沒辦法練球了。」

這是連續第三天了，喬伊和同學們一直搶不到籃球場。眼看離班際比賽的日子愈來愈近，喬伊不免開始有些擔心。

喬伊和同學們坐在場邊的樹蔭下，等著不知何時才能輪到他們的練習時間，旁邊也有好幾組人在等待著。

「聽說隔壁班有個校隊的要參加比賽呢！」艾瑞克說著他打聽來的情報。「那我們得更賣力的搶球場！否則，跟他們打一定會被洗板。到底是誰規定，允許一班能有一個校隊球員參賽？我們班沒校隊

球員，真是虧到了。」傑森說。

「離比賽日子愈近，來打球的人就愈多；得想想辦法，總不能每天打不到球。」喬伊在場邊望球興嘆。

傑森突然大叫：「嘿，我想到了一個好辦法！」

大家聽完傑森的點子後，都露出又驚又喜的表情；「這主意真是太好了！」大家又是拍傑森的背，

或是摸傑森的頭。

「可是，你弟弟願意幫我們嗎？」喬伊還是有些擔心；「沒問題，我弟弟可是永遠都挺他老哥的！」傑森信心滿滿的拍著胸脯保證。

第二天下課，當喬伊一行人到達球場時，傑森的弟弟和同班同學們早已在那裡等著傑森一群人；就這樣連著好幾天，他們完全不費力的第一個搶到球場。

然而，到了第五天可就沒那麼好運了。前往球場時，傑森遠遠的就聽到球場上有人叫罵的聲音，是他弟弟和隔壁班的吉米在吵架。

看見傑森過來，吉米非常不高興的走向他，大聲指責說：「你弟弟又不打球，卻每天帶人來這裡霸占球場，不要以為我不知道你們在玩什麼把戲！」

一群人就在球場大吵起來，吉米指責傑森不該派弟弟每天下課就帶著同學來占場地，「這是你教他的吧！」話才說完，吉米不客氣的推了傑森一把。雙方忍不住怒火，便打了起來。

沒多久，校警和校長都來了，把所有人都帶回去訓斥一番，還說要取消他們的參賽資格。

這下可不得了，喬伊相當沮喪；他去向校長認錯，校長還是不願改變心意。傑森對喬伊感到很抱歉，他不該那麼衝動，把大家拖下水。

給小朋友的貼心話

人類受教育及學習，是為了獲得知識和智慧，並且使自己的行為更文明；不然，就用不著求學及學習互動，凡事用拳頭解決紛爭就好了。地球上絕大多數的資源都是有限的，要如何有效的使用，讓大家都獲得利益，這可是一門大學問！

球場風波（下）

喬伊的心情盪到谷底。如果參賽資格真的被取消，為了這次比賽練習好久的三分投籃就無法施展了；更重要的是，將來進入高中籃球隊的夢想也可能化為烏有。

放學後，心情沮喪的喬伊走在回家路上，卻發現學校附近不知何時多了一家書屋；他不想直接回家，就乾脆先去書店逛逛好了。

走進書屋，便有一股說不出的魔力，讓喬伊立刻有平靜的感覺。

「歡迎光臨！」一位捲髮阿姨熱情的打招呼；看到喬伊的神情，又問道：「孩子，怎麼了？看你一臉憂愁，可以告訴我怎麼回事嗎？

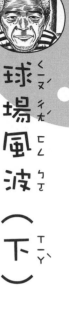

來這裡的孩子都叫我毛毛阿姨。」

「唉……」喬伊嘆了一口氣，一五一十的將可能無法比賽的事告訴了眼前這位親切的陌生人。

毛毛阿姨瞭解事情經過後說：「先別擔心，也許會有辦法解決！」

「沒辦法的，校長不願意放過我們！」喬伊很難過的說。

毛毛阿姨沉默了一會兒之後說：「也許我朋友可以幫你想想辦法！」

喬伊聽毛毛阿姨的話，走上了二樓。一位臉上刻著深深皺紋的黑人長者忽然出現在他眼前，喬伊嚇了一跳，輕聲問道：「請問您是？」

「你好啊，喬伊！我是曼德拉，曾經是南非總統。」這位黑人長者一臉慈祥，用非常和緩的語氣說。

「對了，我以前好像有聽媽媽說過您的故事，是您帶領南非廢除種族隔離政策的，對不對？」喬伊問，曼德拉點點頭。

「我剛聽說你們為了打球的事打架？哈哈哈，真是血氣方剛的孩子，跟我年輕時真像！」曼德拉開朗的笑著。

喬伊有些不相信：「您也打架？我記得媽媽說過，你們是用和平的方式爭取到平等自由的。」曼德拉點點頭：「當然，當然！」

曼德拉解釋，開始從事革命運動時，他也贊成使用暴力。但是，在監獄的二十多年生活，他做得最多的事就是「思考」和「反省」：如果和平可以解決紛爭，何必犧牲無辜的生命，讓更多的仇恨延續？他覺得該是停止暴力、運用智慧的時候了！負責、誠懇看待生命的人，不應該為了想迅速成功，而吝於運用智慧解決事情！

曼德拉用懇切的眼神看著喬伊：「你可以理解嗎？」

喬伊點點頭：「嗯，我會盡力想辦法，而且決不再打架！」

第二天，喬伊和傑森一起去找隔壁班的吉米。喬伊首先向他道歉，並說明自己想出的辦法；得到吉米的認同後，三個人便一起去找校長。

他們先向校長誠心悔過，並保證以後絕對不再打架。為了避免以後再為了搶球場而起衝突，喬伊想了一個打「練習賽」的辦法，盡可能讓大家公平的使用場地。

校長聽了之後，不但原諒他們，還很高興的稱讚他們的智慧：「相信你們已經從這次事件學習到很多東西了！」

給小朋友的貼心話

曼德拉是相當有智慧的人，他帶領南非黑人爭取自由平等，並沒有因為使用非暴力的方法而失敗，甚至贏得兩邊對立者的尊敬。由此我們也可以瞭解，不是使用「暴力」才有力量，非暴力的力量或許更大。

放羊的小孩（上）

凱文原本只想成為一個人人稱羨的小孩……

「史東，那是你新買的機器人嗎？」奈特瞪著大眼羨慕的問。

「嗯！昨天是我生日，老爸買給我的！」史東一臉得意的樣子，還把眼光拋向凱文：「怎麼樣，凱文，該不會你也有一個吧？這可是最新的唷！」

凱文不甘示弱的說：「沒……沒錯，我也有一個，而且它有一百公分高！」

「一百公分？」同學們個個驚訝不已，七嘴八舌的討論著：「太酷了，凱文！」

「怎麼可能！我不相信，除非你帶來給我看！」史東非常不服氣。

「不相信我也沒辦法，我的機器人太大了，沒辦法隨便帶出來；不像某人的小兒科，可以隨便帶出門。」凱文洋洋得意的說。

下課後，一堆同學圍繞著凱文，大家都想去他家看一百公分高的機器人。不過，一如以往，凱文總是一邊享受著被大家簇擁的感覺，同時又趕緊想個充分的理由，不讓同學到家裡去。

放學後，凱文獨自走在回家路上，對於在學校說出家裡有個一百公分高的機器人，他感到非常懊悔。

37

不知道從什麼時候開始，凱文總喜歡對同學宣稱自己擁有希奇、限量的東西，次數多到已經讓他記不清楚了；然而，身為議員的爸爸並不是都願意買給他，因為有些東西實在太貴了或是根本買不到。

「總有一天，同學一定不會再相信我說的話——如果再不讓同學來家裡參觀。」凱文心裡每天都在為這件事擔心；所以，他放學後總是自己一個人快快走回家。

通常，經過一夜好眠的凱文，第二天就會感到輕鬆許多，讓他又恢復不少信心去面對同學。

這天上地理課時，老師帶了一個非常漂亮、差不多跟籃球一樣大的地球儀來；插上電後的地球儀，上面的高山、洋流、草原等地貌，都能以真實的顏色顯現。

大家都等不及的想要到講臺上去看個清楚，老師笑著說：「同學們，要排隊守秩序，不要擠！」史東又舉手說話了：「老師，我們家也有一個一模一樣的！」

「我們家的比這個大十倍！」就在這時候，一個聲音突然為這小小的騷動畫下休止符。同學們全都不約而同的轉向凱文，凱文則是慢慢的繼續說：「這個跟籃球差不多大的地球儀看不清楚，我們家的比這大十倍！」

「你騙人！」史東很大聲的說：「老師，他說謊！」「我沒有！」凱文也生氣的反擊。

其他的同學也開始耳語：「可能嗎？十倍耶！」「對呀，一定是他說謊！」這時，老師出面緩頰：「大家安靜！雖然老師也不曾看過那麼大的地球儀，不過，我們不能因為自己沒看過就認為別人是在說謊。」

「那你帶我們去你家看看呀！」奈特提議；「沒錯！不然我們不會再相信你了。」史東回應。全班同學，包括老師，都看著凱文。

「沒……沒問題！但是，東西在我爸的服務處；你們也知道，議員的服務處是辦公室，小孩子不可以隨便進去的。」凱文知道這次簍子捅大了，心臟「碰！碰！碰」的跳得好快。

老師這時安撫大家：「各位同學不要為難凱文了，我們繼續上課吧！」凱文這才鬆了一口氣。

給小朋友的貼心話

你說過謊嗎？相信大家可能都有過這樣的經驗——說完謊之後，心理總會感到不安，擔心被人發現，不論你是好意、故意欺騙，或者只是虛榮……爸媽從小都會教導我們要誠實，很多人長大後卻都忘了這件事。希望你長大後不會忘記！

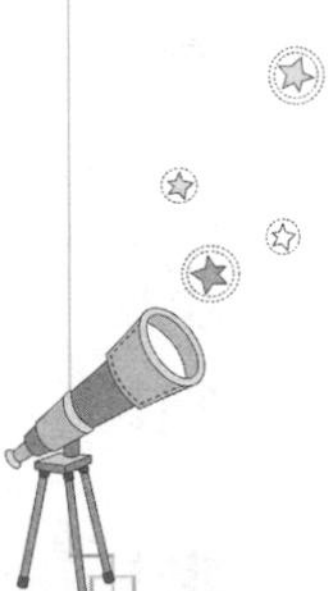

放羊的小孩（下）

放學後，凱文迫不及待的想快點回家，他知道史東和同學們一定會來找他。

「凱文，這麼急著走呀！」史東不安好心的說；「我媽媽要我早點回去。」凱文因為心虛，所以說得有些結巴。「讓我們陪你走回去吧！」奈特著說。

「你說那個比籃球大十倍的地球儀在你爸爸的辦公室。不如這樣，今天我們都沒事，大家一起去拜託他，請他讓我們進辦公室看看吧！」史東對凱文說。

「我……我不知道行不行耶……」凱文有些驚慌。「如果不行，我們就回家。你爸爸不是很疼你？我想一定沒問題的！」奈特在一旁幫腔。

一行人很快就來到了凱文爸爸的辦公室。凱文走在最前頭：「嗨！大衛，我爸在嗎？」

「凱文呀！議員先生在裡面和重要的賓客開會，現在不方便，有什麼事我可以轉達！」祕書大衛先生一臉抱歉。

凱文心裡著實大大的鬆了一口氣：「沒什麼重要的事，再見！」

就這樣，今天的危機解除了。史東非常不滿的說：「告訴你，過兩天我們還要再來，你一定得想辦法帶我們進去，否則就表示你說謊，我們一定會揭穿你！」

凱文非常害怕，被揭穿的日子終究要來臨，該怎麼辦呢？他拖著疲憊的身體走在路上，忽然看到路邊有一間陌生的書店。

「唉！去找找看有沒有解決問題的書吧！」

進了店裡，一位捲髮阿姨看到凱文一臉憂愁，便親切的問他：「小朋友，我是毛毛阿姨，你怎麼了？」

凱文羞愧的低下頭：「我……說了一個很大的謊，現在不知道該怎麼辦。」

兩人沉默了一會兒，毛毛阿姨說：「我有個很棒的朋友，你好好跟他說，我想他會幫你想辦法。」「真的嗎？」凱文驚喜的說。

凱文走上二樓，看到眼前坐著的人，眼珠子差點兒沒掉出來——竟然是林肯！凱文既興奮又慚愧；興奮的是他親眼見到了一位偉大人物，慚愧的是他覺得自己沒有臉面對林肯。林肯是一位誠實、有好名聲的人，而自己的名聲呢？即將毀壞！

「凱文，聽說你好像有大麻煩了？」林肯關切的問。「我……說了好多謊，同學們就要揭穿我了，該怎麼辦？」凱文很緊張的問。

林肯給了一個出乎意料的答案：「誠實的說出來！雖然那的確不容易。」

凱文顯得非常失望：「您沒有更好的辦法嗎？我以為您有呢！」

林肯說：「如果你害怕一顆氣球愈來愈大，唯一的辦法就是刺破它！當你想圓一個謊時，就要用更大的謊才能包住它；最後，你會被自己的大謊言壓倒，它一樣會破，而且會傷到你自己。」

「您說的沒錯……所以，現在我該怎麼做？」凱文用求救的眼神看著林肯。

「面對它！與其一直害怕，好好的跟大家道歉吧！我知道那需要很大的勇氣，但是相信你辦得到！」

凱文沉默了一會兒之後說：「是呀，我也知道跟大家道歉是唯一的辦法，只是一直提不起勇氣。謝謝您的鼓勵！」

給小朋友的貼心話

林肯為人誠實、正直，因此結交了不少朋友，大家也發自內心的佩服他。所以，當他宣布要解放黑奴時，大家都願意幫助他、追隨他，令他成為美國史上一位令人尊敬的總統。

別放棄草莓蛋糕（上）

安妮是一個十分貼心的小女孩；因為家中環境不是很好，所以下課後都會去媽媽上班的店裡幫忙。

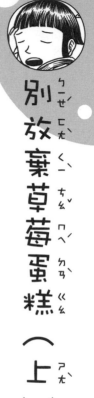

老闆史蒂芬先生因為同情安妮的家境不好，破例讓還在讀國小的她在店裡當洗碗工。因為她還未成年，所以只能偷偷躲在廚房的角落裡幫忙；萬一遇到政府官員來檢查餐廳衛生，安妮就得趕緊躲起來。

史帝芬先生的店算是鎮上還不錯的高級餐廳；安妮每天在廚房看見那些沒吃完的蛋糕被丟掉，只能吞口水。有一次，因為客人吃不下，整塊完整的草莓蛋糕被端回廚房；做甜點的師傅看了覺得很可惜，便拿給安妮吃。

安妮記得，將蛋糕送進嘴裡時，一股幸福的感覺頓時向她襲來——世界上怎麼會有那麼好吃的東西！自己就像到了天堂一樣。那是她一輩子都不會忘記的好滋味。

安妮的爸爸因為身體不好，只能做管理員的工作，薪水只夠他們付房租；所以，安妮不得不跟著媽媽去店裡洗碗盤，讓日子勉強過得下去。

然而，每天辛苦的工作，讓小安妮的體力不勝負荷，每天總有一半的上課時間都在打瞌睡中度過，安妮的課業成績表現因此並不是很好。其實，安妮很聰明，可是她為何總是在課堂上睡覺？為此，老師決定到安妮家做一次訪視。

安妮的媽媽跟老師說，因為家中經濟不是很好，所以才委屈安妮幫忙分擔家計。老師雖然也很同情，她還是盡力請求：「但是，安妮是個聰明的小孩，沒讓她好好讀書真的很可惜；把書讀好，將來也許有機會可以改善你們的家境。給她一個機會吧！」

媽媽為難的說：「謝謝老師關心。不過，安妮的爸爸覺得女孩子不用讀很多書，將來畢竟要嫁人的。」

老師沒辦法說服安妮的爸媽，於是轉向勸安妮：「安妮，老師知道妳是個聰明的小孩，如果現在好好讀書，將來一定可以有很好的成就，實現自己的夢想。可是。妳現在如果一直洗盤子，十年後還是只能洗碗盤，便永遠沒辦法改善家境，也無法實現夢想。老師希望妳眼光要看遠些，這樣說妳懂嗎？」

安妮點點頭：「我如果認真讀書，以後就有能力買很多史蒂芬先生店裡的草莓蛋糕嗎？」「沒錯！讀書和學習是為了培養妳的能力，將來妳才有機會實現夢想呵！」

和老師談完後，安妮也覺得老師說得很有道理。但是，爸爸身體不好，媽媽又很辛苦，家裡目前的狀況，真的很需要自己幫忙賺錢。安妮陷入了兩難，她不知道該如何抉擇，兩邊她都不想放棄，該怎麼辦呢？

給小朋友的貼心話

小朋友，你曾經想過自己的夢想是什麼嗎？要實現自己的夢想有時候並不容易；因為，在生活當中常會遇到很多困難，無論是家庭、課業方面，甚至是人際關係，都有可能阻礙我們夢想的實現。別放棄你自己的「草莓蛋糕」，要努力之後才能品嘗它的甜蜜！

別放棄草莓蛋糕（下）

第二天下課後，安妮煩惱的走在要去打工的路上，忽然聞到一陣餅乾的香氣，是從一家像是書店的屋子傳出來的。

「賣餅乾的書店？進去看看吧！」安妮推開門，迎面便看到一個捲髮阿姨笑著對她說：「小朋友妳好啊！來一塊餅乾吧！」

「謝謝……哇！好好吃呵！」安妮咬了一口餅乾，覺得大讚！這讓她想到最愛的草莓蛋糕，不禁嘆了一口氣。

「小朋友，我叫毛毛，妳叫什麼名字呢？妳好像有些煩惱，可以告訴我嗎？」毛毛親切的問她。

安妮說：「毛毛阿姨好，我叫安妮。我想問您，如果您有兩件事都想做，該怎麼辦？」「那就努力一點，兩件事情都做就好啦！」毛毛回答。

「可是，這兩件事情沒辦法一起都做好呢？」「那就一件做好，再做另一件呀！」

「可是，好像沒辦法一件做完再做另一件。」安妮顯得有些沮喪。

「妳考倒我了。」毛毛阿姨笑著說，「告訴我究竟發生什麼事吧！」

於是，安妮將家中的困難還有老師說的話都告訴了毛毛。聽完事情的來龍去脈，毛毛點點頭說：「對妳這個年紀的孩子來說，這事確實不容易。我有個朋友，也許他可以給妳一些好的建議。」

依毛毛的指示，安妮走進書屋的後花園，看見一位先生正在觀察葉子上的昆蟲。「您好，我是安妮。請問您在看什麼？」「我在觀察螞蟻，妳要不要來看看呀？」那位先生說。

「好哇！」安妮立刻將頭湊過去：「好棒呵！我從來沒用放大鏡看螞蟻，真是有趣！」「沒錯，大自然中有太多奇妙的事等著我們去觀察、探索。」這位先生笑著說。

「請問您是？」安妮問。「哈哈！還沒自我介紹，我叫法布爾，我最喜歡觀察昆蟲了！」

安妮驚訝的叫出來：「您是法布爾？」「沒錯。雖然小時候我們

家很窮，連學校都沒辦法去，但是我並沒有放棄學習。」

安妮心有戚戚的說：「跟我們家很像。」法布爾說：「如果我因為不能去上學就放棄學習，那現在……」

「我們就沒有《昆蟲記》可看了！」安妮接著說。

法布爾點點頭：「毛毛將妳的問題告訴我了。我建議妳好好跟爸爸爭取，不要還沒努力就先放棄了。」

在老師和媽媽勸說下，爸爸決定給安妮一次機會：如果下次考試第一名，就答應讓她專心讀書。在老師細心教導下，加上安妮自己的努力，終於到了揭曉的時刻。

「安妮，第二名！」老師公布名次後，安妮非常失望。「安妮，別難過，妳已經很棒了，只和第一名差一分。」老師安慰她。

帶著沮喪的心情來到史蒂芬先生的店，安妮看著餐廳的招牌想著：「我真的要永遠洗盤子嗎？可是我並不想！」

安妮緩緩的推開門進到店裡，映入眼簾的卻是一個好大的草莓蛋糕，媽媽過來拉著她的手說：「生日快樂！」

老師已經將成績告訴安妮的爸媽了。安妮的爸爸說，他這段時間看見了安妮的努力，安妮在他心中已經是第一名了。

安妮好感動，那是她永遠也忘不了的草莓蛋糕！

給小朋友的貼心話

小朋友，你是否曾聽阿公阿媽說過，他們小時候生活困苦，從小就得開始工作；尤其是女生，因為社會重男輕女，所以能讀書的人更少。當然，在其他國家也有相同的情況，因為家境不好而無法就學。但是，沒上學不代表要放棄學習。就像法布爾，他讓我們知道，學習不只在學校，重要的是那顆「想要學習的心」。

宅男向前衝（上）

阿莫從小就是個害羞、不多話的男生；他還非常膽小，連一隻蟑螂都要叫妹妹來幫忙處理。

「潔西、潔西！快來一下！」阿莫緊張的大叫；妹妹火速趕到，開口就問：「是蟑螂嗎？」阿莫一臉驚訝：「妳怎麼知道？我都還沒說呢！」

妹妹鎮定的回答：「被你使喚了那麼多年，怎麼會不知道！如果有事情，你只會叫我一聲，然後說『來一下』；如果叫兩聲，又說要『快一點』，那就是要抓蟑螂。」

阿莫也知道自己這樣膽小很不好，但他就是沒辦法。在學校，阿莫就像個獨行俠；說得更貼切一點，應該是「隱形人」，他總是被同學捉弄，根本沒有朋友。

還好現在有網路，他不需要理會那些同學或出去外面玩，一樣可以交到很多朋友；他覺得網路世界比外面好玩多了，而且又安全。

最近學校盛傳，網路上有一個化

名「美國隊長」的人，專替受欺負、霸凌的人主持正義，批評那些欺負人或不公義的事，受到大家熱烈歡迎。大家紛紛猜測這個號人物是誰，有人說是在阿莫的學校。

「喂，膽小鬼！」聽到尼克在自己身後叫著，阿莫加快回家的腳步；「膽小鬼，我在叫你耶，還跑！」尼克衝到阿莫面前，用力推倒他，一群人圍著他嘲笑。

「你……你再欺負我，我就叫美國隊長給你好看！就……就像昨天一樣！」

尼克忽然臉色一變：「你怎麼知道昨天的事？原來膽小鬼也喜歡上網呀！你叫小貓咪嗎？還是就叫膽小鬼？哈哈……」

第二天上學，才走到校門口，尼克已經在那兒等他了；阿莫知道逃不掉，索性就不逃了，因為尼克還不至於在學校裡欺負他。

「沒想到你還真的認識美國隊長！他昨晚在網路上說的那些話惹火我了，放學後你最好告訴我他是誰，否則要你好看！」尼克撂下狠話就走了。

這一天，阿莫在學校始終無法安寧；一想到放學後尼克要來找他，就讓他害怕不已。「今天還是繞路回家好了。」阿莫心想。

放學後，阿莫立刻衝出校門，他選了一條平常不走的路線回家。

但是，沒多久，他就被尼克那群人發現；阿莫匆忙逃跑，一個不小心踩進水溝，手肘、膝蓋等好幾個地方都擦傷流血。尼克一群人停下來大笑：「活該，這是給你的懲罰！」

等到那群人離開後，阿莫終於忍不住哭了起來；他站起身，一跛一跛的慢慢走回家。

就在回家途中，他聽見一個溫柔的聲音問：「小朋友，你流好多血呢！」阿莫抬起頭，他試著擦掉眼淚，想看清楚眼前的阿姨。

「進來吧，阿姨先幫你擦擦藥！」捲髮阿姨說。「嗯，謝謝阿姨！」

給小朋友的貼心話

在網路世代，人與人之間的聯繫或交往，幾乎都靠網路。但是，很多人在網路發表的言論，無論是對的或不正確的，似乎都不必負責任，往往就跟在現實世界霸凌人是一樣的。然而，人是群體的動物，人與人的交往可以豐富我們的心靈，千萬別因為有危險或一時挫折，而害怕或懶得與人交往呵！

宅男向前衝（下）

阿姨溫柔的說：「你要忍耐點，可能會有點痛。」「好！」阿莫努力的忍住疼痛，卻止不住淚水。

「大家都叫我毛毛阿姨。」阿姨關心的問：「可以告訴我你是怎麼受傷的嗎？」「我……被同學追打……」阿莫哽咽的說。

「他們欺負你嗎？」阿姨又問。阿莫沉默了一會兒之後說：「我不懂他們為什麼總要找我麻煩？」

毛毛阿姨憐惜的看著阿莫：「世界上有各式各樣的人，或許我們不能改變別人，卻可以改變自己。我的朋友也許可以幫你，他是個有很多朋友的人。」

阿莫進到後花園裡，一位老先生伸出手：「你好，我是安德魯．卡內基。」「您就是毛毛阿姨的朋友？」

阿莫有些疑惑；但是，在握手的瞬間，他深深感受到老先生厚實手掌的溫暖；很奇妙的，剛剛那些恐懼都不見了。

老先生說：「我聽說你和朋友在相處上有些問題？」阿莫回答：「他們不是我的朋友！我根本沒有朋友——除了在網路上。」

卡內基摸摸鬍子說：「網路這東西我聽過，相當不錯，可以不必出門就交到很多朋友。」

「對呀！所以我才不在乎那些欺負我的人、或是不想理我的人呢！」阿莫露出得意的笑容。

卡內基也淺淺的笑了：「網路的確不錯，不用跟人面對面，就不需要面對別人的冷嘲熱諷或暴力對待，確實不錯！」

「是呀、是呀！而且，我還可以在網路上修理尼克，把他批評得體無完膚，還有其他我看不慣的人！」阿莫好不容易展現了一點自信。

「那你就好比一名武士嘍？」卡內基說；「武士呀？哇，這個稱號也不錯，真是酷！」阿莫愈來愈得意。

「不過，是一個只敢躲在盔甲後面打鬥，一旦脫下盔甲就不戰而退的武士！」卡內基忽然嚴肅了起來。

阿莫的臉色也變了：「我……我不是只為自己，也是幫大家主持

正義！」

「若是真的正義，便經得起考驗，它會幫你贏得友誼，你會獲得許多朋友的，不要害怕脫下盔甲。」老先生拍拍阿莫的肩膀，再度展露慈祥的微笑。

第二天上學途中，阿莫不斷想著卡內基的話，他不是很清楚該怎麼做。

第一節上課，老師有點晚到，他帶來了一位新同學。新同學戴著眼鏡，看起來很聰明的樣子，只是不知道好不好相處。整節課，全班都在看著新同學；他實在太耀眼了，老師問的所有問題，他都對答如流。阿莫想跟他成為朋友，卻不知該怎麼做。

下課鐘聲響了，阿莫等了幾分鐘後，終於鼓起勇氣走向新同學，結結巴巴的說：「你……你好，我是阿莫！」沒想到，新同學立刻伸出了手說：「你好，我是鋼鐵人。」

阿莫一時之間不知道該接什麼話；「昨晚我們聊過呀，美國隊長！」新同學說。

這時，尼克又來挑釁：「唷！阿莫，這麼快就交到新朋友啦！」

新同學說：「喔，我們在討論想和美國隊長組成復仇者聯盟！」

尼克既驚訝又羨慕：「你……你知道美國隊長是誰？」「那當然，

我爸爸是軟體工程師，這點小問題還難不倒我！」新同學得意的說。

尼克忽然態度一百八十度大轉變：「我……我也可以加入嗎？」

「只要你不再欺負人，我們會拜託美國隊長考慮讓你加入。」阿莫和新同學相互會心一笑。

給小朋友的貼心話

安德魯．卡內基是美國二十世紀初的鋼鐵大王。雖然他非常有錢，但他不剝削勞工，並且總是傾聽勞工的想法；因為他認為，有錢有權的人應該照顧貧困的人，這讓他贏得許多友誼和員工的敬重。在步入老年後，他選擇退出商界，把全部心力貢獻公益事業，幫助弱勢的人。

小市長選舉（上）

「我現在宣布，一年一度的小市長選舉正式開始！」校長說完，全校一片鼓噪。

「貝克，時候終於到了，看你的嘍！」麥可說；「沒錯，我們全力支持你！」梅西也附和。

上課時，老師也針對小市長選舉做了說明：「選舉的目的，是為了讓大家體會民主社會的選舉制度。」小市長候選人得列出自己的選舉政見，並組織一個選舉助選團，去每個班級發表政見。

貝克在校園算是風雲人物，不但功課好、外型高帥，還是籃球校隊的一員；平常已經有不少粉絲的他，在這次小市長選舉中相當被看好。他所提的政見包括：廢除校服、增加籃球校隊二軍、運動會增加球類比賽、聖誕節舉辦晚會等。

「貝克，我們的政見真是太棒了，肯定能得到大家熱烈支持。」麥可非常樂觀的表示。

另一個被看好的人，也是貝克最強的勁敵，就是海倫。

海倫在功課方面的表現非常優異；她除了是弦樂團小提琴首席，也是各大比賽的常勝軍。她提出的政見包括：增加校外教學參訪次數、下課及用餐時間可以播放音樂、在輔導室放置愛心捐款箱、延長書籍借閱時間至兩星期。

「聽說貝克那邊提出的政見都和運動有關。」海倫說；「他們只想到男生喜歡的，我們才是為大家的利益著想。」愛絲很不以為然。

一星期後，各班都順利的推出候選人，校園裡滿是選舉的海報和布條；下課時，不管走到哪兒，都是競選隊伍在呼口號、拉票的聲音。這是一年中最熱鬧的一段時間。

候選人在校園中難免狹路相逢，大家也十分清楚，最後就是兩強相爭；所以，當貝克和海倫的人馬相遇時，他們總是相互看不順眼，也絕不跟對方說話。

不過，原本熱熱鬧鬧、競爭激烈的選舉突然有些變調。海倫的助選員在校園中發現了一張攻擊海倫的海報；內容指出，海倫在樂團

中仗著自己是首席，對同學態度傲慢。

「這不是真的！」海倫非常難過；她承認自己比較少與團員互動、聊天，但絕對不是傲慢。海倫的同班同學也很生氣；海倫雖然個性文靜，卻是個很有禮貌的人，竟然被人無中生有的造謠。

他們將海報拿給主任，希望揪出這個人；他們懷疑，是貝克的人馬做的。

「沒有證據，不可以隨便懷疑別人。」班導師提醒大家：「選舉的目的也是要大家知道，什麼是民主素養。」

「老師，我們不是隨便懷疑，是合理的懷疑！」對愛絲的話，全班抱以熱烈掌聲。

然而，海倫的抹黑事件還沒落幕，幾天後又有一張海報出現，引起軒然大波；內容是請大家擁護貝克，不要投給海倫。

這樣的言論竟然直接張貼出來，大家都十分同情海倫，因為對手的手段太卑鄙了。學校把貝克和他的助選團叫來問話，他們保證絕沒有貼那些海報。校方決心要盡快查明真相。

經過兩次的海報風波，海倫心情非常低落，她告訴老師自己不想選了。老師安慰她：「妳放心，沒有的事不用理會別人怎麼說，這也是一種訓練呵！我相信學校會查出是什麼人貼的。加油！」

給小朋友的貼心話

對於選舉，相信大家都不陌生。每當選舉期間，吵人的宣傳車滿街跑、抹黑的宣傳單滿街發，卻沒有多少人注意看或仔細瞭解候選人的政見是什麼？同樣的，學校舉辦的選舉活動，並不是熱鬧的嘉年華，希望大家都能從中認識到「民主」的真意。

小市長選舉（下）

海倫的心情糟透了！雖然她瞭解老師的話，不要去在意別人說什麼，但她就是沒辦法不在意。

放學後，她沒有立刻回家，而是想散散步、散散心；走著走著，卻來到一間陌生的書店。

「嗨！妳好啊！咦？小朋友，妳的眼睛怎麼腫腫的，發生什麼事了嗎？」店裡的一個捲髮阿姨問她。

海倫難過得幾乎又要哭了；她將最近在學校抹黑她的「海報事件」告訴眼前這位自稱「毛毛」的溫柔阿姨，她覺得自己沒辦法不在意那些不實在的話，所以心情很差。

「要不在意別人的話，真的很難，所以老師才會對妳說那是要學習的。」毛毛安慰她；「不過，現在的選舉風氣真的愈來愈不好，連小孩都學壞了，真令人擔心！」

毛毛一邊泡茶，一邊聽海倫說：「我告訴老師，我想退選……」

「真的嗎？可是我覺得這是一個很好的學習機會，退選太可惜了。」毛毛說：「這樣吧，我請我的好朋友和妳分享一些想法，妳聽了之後再決定好嗎？」然後，海倫就照毛毛的指示到二樓去。

她踏上二樓就見到一位叔叔，一靠近他就可以感受到帥氣、活力。「妳是海倫？」叔叔問。

「嗯！請問……」海倫有些害羞；「我是約翰．甘迺迪，哈哈哈！」叔叔笑得很開朗。「我知道，您是美國總統！」海倫想起曾聽老師介紹過。

「聽說妳在小市長選舉遇到挫折？」海倫點點頭，她告訴甘迺迪總統，因為「海報事件」，所以她想要退選。

甘迺迪總統沉默了一會兒然後說：「關於競爭，我自己有段故事。」他說，自己從小就和哥哥是競爭對手，而且無所不爭、無所不比；「然而，在較勁的當下，我們一定使盡全力，決不放棄，直到分出勝負。」

「感覺好像有些……殘忍，兄弟之間不需要這樣吧？」海倫說。

「盡全力競爭，那是尊重對手的表現！」甘迺迪總統說：「正直的人，沒人想贏得不光彩。比完之後，我們感情依然很好。」

「真的嗎？」海倫有點不相信。

「是的，雖然我常是輸的一方，哥哥實在太強了，但他是可敬的對手！」

說起哥哥約瑟，甘迺迪總統有很多感觸。因為哥哥是老大，平常其實很照顧弟妹們；但是，兄弟姊妹在競爭時，他不會因為競爭對手是弟弟或妹妹而有所讓步。「我感謝他對我的尊重，那才是激發我潛力的做法。」甘迺迪總統說。

聽完甘迺迪總統的話，海倫受到很大的鼓舞。她不再怯戰，也不再害怕競爭，她要保持民主風度的繼續參選。

幾天後，校方終於根據監視器找到張貼海報的人，原來是三個女生，她們是貝克的粉絲；為了要讓貝克當選，於是貼了那些傷害海倫的海報。主任將兩位候選人叫到辦公室來，並對他們清楚說明事情的始末。

海報事件終於落幕，讓貝克鬆了一口氣。海倫也很高興，她對貝克說：「老師說得沒錯，沒有證據時，我們不應該隨便懷疑任何人。很榮幸能成為你的對手，更高興有一位強勁的對手使我成長，謝謝你！」海倫向貝克伸出友誼之手。

給小朋友的貼心話

約翰．甘迺迪是美國歷史上最年輕的總統，他的幽默、風趣、活力風靡了當時的美國人。當然，這些並不是他受歡迎的主要原因；他還致力和平，避免戰爭，成立和平部隊，幫助弱勢國家。甘迺迪總統有句名言：「不要問你的國家能為你做什麼，要問你能為你的國家做什麼。」

小棋王（上）

夏日午後真是炙熱難耐，圍棋教室裡出來一批剛結束比賽的小棋手，大家不約而同的走向一個地方——便利商店，人手一支霜淇淋或一罐冰涼的飲料，試圖抵禦戶外的高溫。

圍棋教室裡還坐著一男一女兩個孩子，繼續聚精會神的對弈著。小女孩的爸爸坐在一旁認真觀戰、做筆記；每當小女孩下了漂亮的一手，爸爸的嘴角便會揚起；倘若形勢緊張，爸爸的眉間便會皺起。

對弈完畢，小女孩贏了，又為她數不清的勝利添加一筆勝績。爸爸牽著她的手走出教室：「我們去吃冰吧！」「嗯。」女孩開心的點點頭。

「理惠今天好棒，有幾手下得不錯呵！」聽到爸爸的稱讚，小女孩靦腆的笑著。

到了人氣超夯的冰店，好不容易等到兩個位子，爸爸給自己點了一盤花生雪花冰，為理惠點了一盤她的最愛——芒果雪花冰，兩個人坐下來慢慢享受這炎炎夏日的透心涼意。「好吃嗎？」爸爸問，理惠開心的回答：「好好吃！」

「爸爸上次跟妳提過換棋院的事，妳覺得怎麼樣？」爸爸見理惠吃得高興，便又舊事重提；理惠立刻收起笑容：「我就知道，出來吃冰一定有事，大人每次都這樣！」

「別這麼說嘛，爸爸假日有空還是會帶妳出來玩。」爸爸自知有些理虧，還是再問：「怎麼樣？」理惠有些為難的說：「可是，這樣我就要和同學分開，不能跟他們下棋了。」

這時爸爸稍稍板起了臉：「理惠，這兩個月妳和幾個同學下過棋？」理惠心中最不願意面對的問題終於被爸爸提出來了：「……一個……」

爸爸再一次試著說服女兒：「除了老師，那裡已經沒有人可以和妳對弈。爸爸認為，妳的棋藝還有很大的進步空間，所以才希望妳換棋院。上次帶妳去看的那間新棋院還不錯；雖然大孩子多些，但是妳可以和更多對手練習，這樣才能進步啊！」

高手棋院

理惠慢慢喝著化掉的冰水：「可是，這樣的話，下課就沒人跟我玩，我也沒有朋友了……」

不久前，爸爸帶理惠去的新棋院讓她覺得不太適應。目前的棋院有很多同校的同學，大家下課了還可以一起玩、一起聊天；但是，新棋院裡大多是哥哥、姊姊，每個人看起來都沒什麼笑容，讓理惠感到有些害怕。

更重要的是，在這裡幾乎沒有人是理惠的對手，所有的讚美、獎盃、榮耀都是她一個人的；到了那裡，她可能不再是最厲害的人，讓她感到有些擔心和恐懼，這才是她真正不想換棋院的原因。但是，她沒有跟爸爸說，她也不敢說。

爸爸再問理惠：「妳還想進步嗎？」「當然想呀！」理惠回答。

「那麼，爸爸還是希望妳換，好嗎？」

「爸爸，讓我再想想吧……」理惠感到有些為難。

給小朋友的貼心話

小朋友，每個人的生活都會分成好多階段，從幼兒園到小學、國中、高中……你會發現，不同階段都會有不同的難題，在很多事情上也會有不同階段的挑戰；你是不是樂於去接受？還是喜歡一直待在舒適的環境裡呢？現在的交通發達，全球無國界；如果有機會，希望你能勇敢踏出腳步，和不同國家的人一起探索未來吧！

小棋王（下）

學校放學後，小棋手們魚貫的走進棋院，大家討論的還是上星期的賽事；最受矚目的依然是理惠，她已經升上四段，大家都覺得望塵莫及。這一天，理惠卻沒有出現在棋院。

心情不好的理惠散步到學校旁，忽然看見一間陌生的屋子。「好像是一間書店？什麼時候出現的？」反正沒事，理惠決定進去翻翻書，轉變心情。

「歡迎光臨！」一位捲髮阿姨親切的招呼她。看到理惠皺著的眉頭，阿姨輕聲的問：「小朋友，我叫毛毛，是這間書店的老板。或許是我多管閒事，不過，我看到妳的表情有些憂鬱，可以告訴我妳怎麼了嗎？」

聽到毛毛溫柔的詢問，不知為何，理惠覺得可以完全信任她，便將自己的苦惱全部告訴了毛毛。

毛毛瞭解理惠爸爸的想法：「其實爸爸也沒錯，就算妳現在不離開，兩年後小學畢業了，還是得離開熟悉的環境。」

「這個我知道，不過現在就是不想嘛！」理惠說。

毛毛想了一會兒說：「我有一個朋友，他是位冒險家，我覺得妳可以聽聽他的故事！」

理惠來到二樓的房間，一進門就感到陣陣寒意，她不禁打了一個冷顫：「這裡怎麼忽然變冷了？」

「嗨！妳是理惠？」一個穿著毛大衣的叔叔說。理惠有些害怕的問：「請問您是？」「羅伯．史考特，我是個航海探險家！」

史考特簡單的介紹自己，他帶領的探險隊是全世界第二個抵達南極點的隊伍，他也已經聽說理惠的事了。

理惠問：「南極點？那裡應該很遠吧！」「沒錯！」史考特問她：「理惠，妳知道我為什麼想去南極嗎？」

「該不會是要去看企鵝吧？」理惠心裡想，但是沒說出來，只是禮貌的回答：「嗯……我不知道。」

史考特解釋，自己是個喜歡冒險的人；當年南極還沒有很多人到達，更無人登抵南極點；他想當第一個人，無論那有多麼困難！

南極的氣候酷寒，根本就不適合人生存；在那樣惡劣的環境下，每吸一口氣、走一步路都是困難的。除了要達成目標，他們還必須為生存而努力。「沒有什麼事比努力活下去更充滿意義和挑戰了！」史考特堅定的看著理惠。

接著，他的語氣輕緩了些：「孩子，外面的世界還很大，它值得妳冒險去探索，值得為自己的生命而努力！」

理惠好像有些懂了，眼中也閃爍著光芒：「嗯！我會勇敢去面對另一個階段的挑戰，我相信自己做得到！」

「沒錯，『相信自己做得到』就對了！」史考特說。

給小朋友的貼心話

小朋友，你曾經在電視上看過玩極限運動的節目嗎？姑且不論那些活動的危險度，令人嘆服的是他們勇於冒險的勇氣，他們總是勇於做第一個！羅伯．史考特也是這樣的人。他為了科學研究，也為了要讓英國國旗第一個插上南極點，於是踏上探險之路。很多人可能不知道，英國王子哈利也曾到過南極；想想看，他平日過得優渥舒適，為什麼還要向南極挑戰呢？

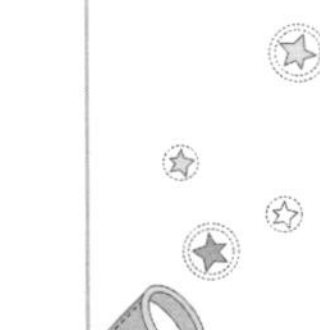

珍妮老師的課（上）

「羅傑早安！」艾蜜莉進到學校，和同學打招呼。「早！」羅傑有氣無力的說。

「怎麼了，這麼沒精神？該不會昨天又熬夜上網？」艾蜜莉關心的問。

「唉！別說了，早上出門就遇到一連串倒楣事。先是一不小心踢到石頭，誰知道石頭不長眼，打到一隻狗，然後我就被狗追著跑。」羅傑餘悸猶存：「我看，今天一定不是什麼好日子！」

艾蜜莉忍不住的「噗嗤」笑了出來：「啊，抱歉！那你今天還是小心點的好。」

上課鐘聲已經響了一會兒，卻還不見班導崔西老師的蹤影。全班同學不約而同的想，大家最擔心的事可能就要發生了。

「我覺得崔西老師應該是生寶寶了。」「不太可能，離預產期還有一個月呢！」「不過，照崔西老師的個性，如果要提前請假，一定會先告訴我們的。」

大家你一言、我一語，整個教室鬧哄哄了起來，羅傑也對愛蜜莉使了個「今天果然沒好事」的眼神！

幾分鐘又過去了，一位既陌生又熟悉的老師走進來，全班立刻鴉雀無聲，並且馬上端正坐好。那是珍妮老師，之前就已經謠傳她會代崔

西老師的課，如今看來已成事實。

學校裡，大家都認識珍妮老師，她是學生熟知的「大魔王」、「作業終結者」，所以大家都聽過她的名字；之所以會有這個封號，據傳是因為珍妮老師出的作業可說是全校出名的「難」。不過，艾蜜莉的班上還沒給珍妮老師教過，所以對她算是陌生，不知道她是否很嚴厲。

珍妮老師對大家說，因為崔西

老師出了小意外，所以寶寶提早出生了，引起全班同學驚呼並關切的討論著。「不過大家不用擔心，」珍妮老師急忙安撫大家：「崔西老師和寶寶都很平安。」大家聽了才鬆了一口氣。

珍妮老師說完話，全班立刻陷入一片死寂。看得出來，大家對新老師有些敬畏，整堂課除了老師講課的聲音，全班安靜得出奇。

就在下課前幾分鐘，大家害怕的時刻終於到了。老師在黑板上寫了作業題目，請大家利用放假的時間完成；珍妮老師出的作業是，請大家編寫一個小劇本，並且以自己的聲音來表演。

「比如，在市場、公園、學校等任何地方發生的故事都可以。」珍妮老師解釋。

「老師，市場我們很少去，要我們怎麼寫呀？」羅傑說。

「老師，如果寫學校，大家很容易就知道寫誰了。」艾蜜莉提出疑問。

「任何地方發生的故事都行，要靠自己找！」珍妮老師再次強調。

「這也太難了吧！」全班一片哀號，珍妮老師果然是「大魔王」。

「大家仔細觀察，就算走在路上，也會有很多的人事、景物值得我們關心；只需要再加上一點點想像力，就能成為很棒的故事了。」珍妮老師鼓勵孩子們。

放學後，大家沒有因今天是週末而高興；因為，「難題」才要開始呢！

「艾蜜莉，想到要寫什麼了嗎？妳平常作文就不錯，對妳來說應該不難吧！」羅傑說。

「寫一些小短文也許不算困難；但是，編劇本對我也是不小的考驗，因為我從來沒寫過這樣的作業呢！」艾蜜莉回答。

給小朋友的貼心話

小朋友，你曾遇過很難的作業題目嗎？當你遇到不是選擇題、也不是是非題的作業時，會不會覺得傷腦筋呢？需要發揮想像力或思考力的作業雖然比較困難；但是，只要多多練習，就能將很多的知識或想法融會貫通。如果一直習慣有選項或標準答案才會作答的話，你可能永遠不會擁有「想像力」或「思考力」呵！

珍妮老師的課（下）

邊走邊想的艾蜜莉，不知不覺的來到一間書屋前。「咦？這裡怎麼會有一間書店？也好，進去看看有什麼書可以參考的。」

艾蜜莉才走進門，就聽見一個捲髮阿姨在為小朋友們說故事；艾蜜莉走到牆邊，找個空位坐下來。她自己也很喜歡聽故事，這位阿姨的聲音充滿魔力，臉上表情生動，尤其很會模仿一些動物。艾蜜莉聽得入迷，忘了自己是在書屋裡。

故事講完後，小朋友依依不捨的各自去找書看，捲髮阿姨對艾蜜莉說：「嗨！小朋友，妳今天是第一次來吧？我叫毛毛，是這家書店

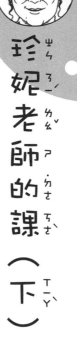

的老板。」

「您好，我叫艾蜜莉。您講的故事真好聽！」

艾蜜莉來到毛毛身旁：「阿姨，我想請問您，關於說故事……」艾蜜莉很溫吞的說：「怎麼樣才能把故事說好呢？」「妳怎麼會問這個問題呢？」毛毛好奇的問。

於是，艾蜜莉告訴毛毛關於珍妮老師的事，還有她出的困難作業。

「原來如此，要編故事啊！」毛毛點點頭。她想了一會兒：「我有一個朋友，從小就非常會說故事，她才是真正的說故事高手呢！妳去見見她吧，應該可以給妳一些靈感。」

艾蜜莉來到書屋的後花園，看見一位女士正在作畫，同時像是和身

邊的兩隻小兔子在講話。「您好，我是艾蜜莉，請問您是？」

「哦，艾蜜莉，妳來啦！大家都叫我波特小姐。」波特小姐用畫筆推了一下小兔子：「我正在叫我的兔子別頑皮了，否則我很難畫呢！」

「您可以和兔子說話？」艾蜜莉覺得不可思議。「喔，沒錯，我們常常聊天呢！他會告訴我一些關於他的朋友——像是鴨子、青蛙還有狐狸

的故事。」波特小姐說。

艾蜜莉還是無法相信自己聽到的：「您會說動物的話嗎？還是您的動物朋友會說人話？」這下子換波特小姐驚訝的說：「我的天呀，難道妳都沒有想像力嗎？誰管動物會不會說人話？」

波特小姐回憶起小時候，她和弟弟都很愛小動物，喜歡和小動物玩；爸媽會在夏季時帶她和弟弟去湖區避暑，徜徉在大自然中，讓她的想像力更加豐富。弟弟尤其愛她的故事，總要在聽完她說的故事後才願意睡覺。

「『想像力』是沒有邊、沒有角，甚至沒有規則；只要你覺得好玩、有趣就行了！」波特小姐說，「我的故事就是這樣想出來的！想像力就像是仙子的金粉，有著神奇的魔力；只要加上一點點，妳的作業就能有神奇的效果了。」

在回家的路上，艾蜜莉試著觀察人們的互動，甚至在路邊流浪的「喵星人」及「汪星人」；她發現，許多事物真的變得好好玩。即使聽不見人們在說什麼、不懂貓兒、狗兒在叫什麼；但是，利用自己的想像為他們加上對白，真是太有趣了！

「我想，我的小故事一定可以很精彩！」艾蜜莉終於又有了自信。

給小朋友的貼心話

很多小朋友都喜歡「彼得兔」，而「彼得兔」的作者就是波特小姐。波特小姐有感於她的想像力是在大自然中養成的，當她最愛的湖濱區遭到建築商人破壞時，她努力的買下一片片土地，試圖挽救那些美好的風景。現在，只要你到那片保護地，隨時都能欣賞美麗的大自然景致；同時，不妨也學習波特小姐，發揮自己的想像力吧！

國家圖書館出版品預行編目資料

奇幻書店／星空／作；楊永建／繪一初版.一臺北市
：慈濟傳播人文志業基金會，
2015.12〔民104〕　面；15X21公分
ISBN 978-986-5726-30-0 （平裝）

859.6　　　　104027489

故事HOME 36

奇幻書店

創辦者	釋證嚴
發行者	王端正
作　者	星空
插畫作者	楊永建
出版者	慈濟傳播人文志業基金會
	11259臺北市北投區立德路2號
客服專線	02-28989898
傳真專線	02-28989993
郵政劃撥	19924552　經典雜誌
責任編輯	賴志銘、高琦懿
美術設計	尚璟設計整合行銷有限公司
印製者	禹利電子分色有限公司
經銷商	聯合發行股份有限公司
	新北市新店區寶橋路235巷6弄6號2樓
電　話	02-29178022
傳　真	02-29156275
出版日	2015年12月初版1刷
建議售價	200元